# VOYAGE AU CENTRE DE L'UNIVERSTOI

I0534482

## par G. N. IDRAH

## (DOUGLAS HARDING)

Édité par The Shollond Trust
87B Cazenove Road
London N16 6BB
England
headexchange@gn.apc.org
www.headless.org

The Shollond Trust is a UK charity reg. no 1059551
Titre original :
« Journey to the Centre of the Youniverse »

Pour la traduction française :
Traduit par Catherine Harding

Conception et mise en pages par rangsgraphics.com

The Shollond Trust est une organisation charitable du Royaume-Uni,
no 1059551

ISBN 978-1-914316-19-7

# TABLE DES MATIÈRES

iv

# PREFACE

Douglas Harding (1909-2007) a conçu une représentation moderne de notre place dans l'univers, publiée pour la première fois en 1952 dans son grand livre « La Hiérarchie de la Terre et du Ciel » ( décrit par C.S Lewis comme « l'oeuvre du plus grand génie »). Dans cet ouvrage de cosmologie profondément original, Harding emmène le lecteur faire un tour à travers les couches de l'univers, depuis les galaxies jusqu'aux particules, pour découvrir qu'au centre de cette structure qui ressemble à celle d'un oignon, il n'y a ... rien du tout. Mais ce rien n'est pas un rien mort, vide. Il est conscient et il est plein. Il est la Réalité derrière toutes les apparences. Il est qui vous et moi sommes réellement. Mais qui a lu ce livre? Presque personne.

Harding avait le talent incroyable de pouvoir aborder des sujets profonds et complexes dans un langage clair et non-technique. Mais au début des années 70, il alla au-delà des mots en développant ses expériences de 'la Vision Sans Tête'. Celles-ci sont une révolution, parce qu'elles permettent de vivre l'expérience non-verbale du Centre plutôt que de simplement en parler. Après avoir mis ces expériences au point, il disait parfois: « Vous n'avez pas besoin de lire La Hiérarchie. Il fallait que j'écrive cela. Mais tout ce que vous avez à faire, c'est regarder où vous êtes. »

Et c'est vrai. Mais malgré la façon dont Harding dénigre l'importance de La Hiérarchie, les idées développées dans ce livre ne peuvent pas être écartées, elle sont la vision personnelle d'un homme particulier de la structure et du fonctionnement de l'univers.

*La Hiérarchie* décrit l'univers tel qu'il est, et avec plus d'exactitude que le modèle scientifique courant parce qu'il inclut l'observateur. Et pourtant, le point de vue de Harding est pratiquement inconnu.

Au milieu des années 70, Harding produisit son *Explorateur de l'Universtoi,* qui n'offre pas simplement une simplification élégante des idées de La Hiérarchie, mais est de plus d'une beauté stupéfiante. Trente centimètres de haut, il représente les couches de l'univers et montre comment elles forment ensemble une structure vivante. Ce modèle est aussi important que celui du globe terrestre, ou celui du système solaire. Mais qui le connait ?

Alors qu'il était entrain de concevoir son *Explorateur de l'Universtoi,* Harding traversa une crise brève mais intense qu'il évoqua plus tard comme sa ' nuit sombre de l'âme '. A l'occasion de cette dépression, il réalisa plus profondément la vacuité de son Vrai Soi. Par la suite, il valorisa énormément cette expérience, voyant que 'la mort à son petit moi' était une condition vitale à son évolution spirituelle, une dépression qui mena à une explosion.

Pendant cette crise, il écrivit le *Voyage au Centre de l'Universtoi.* Autre version de *La Hiérarchie,* cet ouvrage présente d'une autre manière encore la structure de l'univers et la transformation spirituelle née du voyage à travers les couches jusqu'au Centre. C'est une Odyssée qui reflète la dépression-explosion de Harding.

Harding aimait les titres-jeux-de-mots pour ses livres : '*Head Off Stress, Look For Yourself, To Be And Not To Be - that is the answer'.* Pour *Le Voyage au Centre de L'Universtoi* il utilisa un pseudonyme 'G.N. Idrah', c'est à dire 'Harding' épelé à l'envers. Ceci reflète le fait que lorsque vous arrivez au Centre après un voyage cahoteux à travers les couches, vous faites l'expérience d'un demi-tour, une conversion. Il n'est guère surprenant alors que vous vous retrouviez à l'envers, d'arrière en avant, de haut en bas et de l'intérieur en extérieur..

C'est une histoire dramatique, un rêve sauvage, parfois un cauchemar, parfoi s une satire hilarante et subversive. Elle comporte une quête, un monstre et un héros à la forme changeante, des personnages étranges et des aventures dangereuses et une fin qui est un commencement — le coin le plus sombre de l'Enfer qui débouche dans le sourire le plus rayonnant du Ciel, la plus sombre des nuits qui se transforme en l'aube fraiche du monde. Etes-vous prêt à suivre l'ange jusqu'à l'aube ? Seuls ceux qui vont jusqu'au bout du chemin trouveront le Tout.

Chaque fois que je lis 'Voyage au Centre de L'Universtoi' je l'apprécie davantage. Il célèbre une vision de l'univers fabuleusement réelle.

Richard Lang

# CHAPITRE 1 : LE COMMENCEMENT

Il gelait plus que jamais là-dehors. Pas de vent, le silence — excepté peut-être au loin le hurlement d'un loup amorti par la neige ? En fermant les volets, je vis que les étoiles, étonnamment scintillantes et brillantes sur le ciel noir, envoyaient une bande de lumière éclatante sur la neige jusque tout au bord de la forêt. Je frissonnai et me précipitai au coin du feu à côté de Douglas, le chat. Le poil hérissé, il faisait le gros dos, il avait lui aussi entendu le hurlement.

Le petit David sur l'étagère, vêtu seulement d'un pagne et d'une écharpe de marbre, semblait avoir aussi froid que le Bouddha de laiton à côté de lui.

Je me baissai et ajoutai une bûche de pin sur le feu, tirai mon fauteuil et m'installai pour regarder tranquillement les flammes.

Et soudain, on frappe à la porte! Par une telle nuit, et si loin de la route!

Mais ce n'était pas de l'imagination. Mon visiteur était bien là, une silhouette mince, élancée qui se détachait, sombre sur le noir de la nuit jonchée d'étoiles.

« Pourrais-je … » disait-il, « me réchauffer auprès de votre feu? »

Il entra, échappant au froid, et je marmonnai quelque chose comme « vous avez perdu votre chemin »

Sa réponse fut un rire qui aurait pu signifier n'importe quoi. Il s'avança jusqu'au feu et s'assit dans l'autre fauteuil. Douglas, mon Manx sans queue, sauta immédiatement sur ses genoux et se mit à ronronner bruyamment — un évènement sans précédent pour cette créature toujours immobile. Aussi étrange que cela pouvait paraitre, j'avais l'impression qu'ils étaient de vieux amis, et mon visiteur connaissait certainement le nom du chat.

Tout en remplissant la bouilloire et la mettant sur le feu, et tout en sortant du placard le lait, les tasses etc…, je l'observai attentivement.

Il était du genre pâle et mince, portait un très long manteau bleu-roi avec un grand capuchon et des boutons d'argent. La question était son âge. Le peu de cheveux qui sortaient du capuchon pouvaient être ou très clairs, ou blancs. Etait-ce l'innocence de l'enfance, ou la longue expérience de l'âge, qui s'exprimaient dans ce front sans rides? Ses yeux étaient d'un bleu rare et profond, mais c'était leur immobilité amusée, sans le moindre clignement, qui me frappa — et pourtant je ne me sentais pas plus intimidé par lui que ne l'avait été Douglas, de toute évidence. Peut-être était-ce dû à la légèreté, ou à l'amabilité ou tout simplement à la lumière qui émanait de lui, comme s'il était sur le point de partager une blague fantastique avec nous. Comme il jetait un coup d'oeil au bracelet montre compliqué qu'il portait, il éclata véritablement de rire, et l'étrange pierre en forme de fer de lance sur l'anneau de son doigt se mit à flamboyer d'une lumière verte et rouge à la lumière du feu.

Le thé prêt, lui en ayant tendu une tasse (Douglas sur ses genoux ignorant son lait), je lui demandai à nouveau comment il s'était égaré, d'où il venait et qui il était.

Il sourit mais ne se pressa guère pour boire son thé. Ce n'est qu'après l'avoir bu qu'il répondit:

« Je suis un voyageur qui vient de très, très loin. Ce n'est pas que je me sois égaré… c'est une longue histoire. De toute façon, merci beaucoup pour le thé et le feu de cheminée et mon ami ici, et peut-être devrais-je poursuivre mon chemin. »

Mais je réussis à le faire rester en lui disant que rien ne nous ferait plus plaisir que sa compagnie et son histoire.

Il dit qu'il ferait de son mieux. Et soudain, de la poche de son long manteau, il sortit la chose fabuleuse. Ce fut d'abord tout petit, un simple bourgeon, mais cela s'ouvrit immédiatement dans sa main comme une fleur.

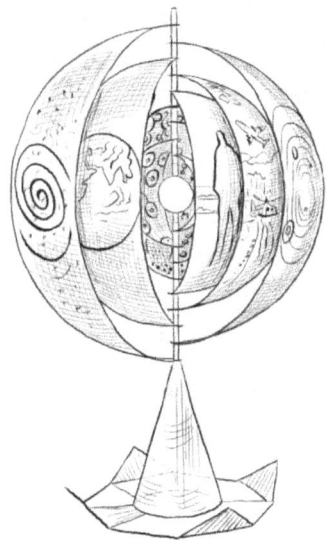

Il la posa sur la table entre nous. C'était une fleur avec des pétales étranges et splendides, un oignon avec des pelures peintes, brillantes, et un coeur de cristal, un navire voguant avec huit spinnakers gonflés dans le vent. Il l'appelait ma Carte Profonde, par opposition avec les cartes plates, que les gens utilisent, et il dit que sans elle nous ne pourrions pas du tout suivre ses aventures. Il expliqua qu'elle montrait clairement d'où il venait et où il allait, et les épisodes de ses aventures avec le terrible Loup Garou. Elle révélait un habitant de l'Espace vivant que les astronomes courants n'avaient pas encore découvert, et faisait entrevoir les pays des Gnomes et des Lutins et des Elfes. En fait, c'était un compte-rendu de sa Grande Sonde, son voyage jusqu'au Centre même du monde. Il appelait cette étrange carte son Universtoi qu'il épelait U n i v e r s  N o u s en un seul mot; et il disait que c'était sa Trousse à Outils Magique, ou Sac à Malice de Sorcier. Armé de ces instruments, eh bien chacun de nous pouvait ....

Il s'arrêta net. Il avait remarqué l'expression sur mon visage. Il semblait être un humain, et sacrément brillant et tout à fait sain de plus. Mais ...

« Oui. Vous êtes entrain de vous demander si vous recevez un ange —- ou est-ce un diable? — ou plutôt l'échappé d'un asile. Eh bien, attendez de m'avoir entendu. Et ne vous arrêtez pas sur les détails de mon histoire. S'ils vous semblent souvent insensés, les faits qu'ils célèbrent le sont encore plus, je vous le promets ».

J'assurai mon étrange visiteur qu'il était le bienvenu et que j'étais curieux d'entendre son histoire. Je lui servis encore du thé avec des toasts et de la confiture, et ajoutai encore quelques bûches sur le feu tandis qu'il détendait ses jambes pour rapprocher ses pieds du foyer et commençait à parler, accompagné par le ronronnement régulier de Douglas.

# CHAPITRE 2 : LA GRANDE SPIRALE

Mon pays s'appelle le Pays de la Clarté, La Terre du Grand Ouvert, le Royaume de La Lumière. Je l'ai montré ici, sur le pétale 1, celui qui est à l'extérieur de la Carte Profonde; et l'image est parfaite à condition que vous approchiez assez des bords de ce trou pour disparaitre — car mon pays natal n'a pas de frontières.

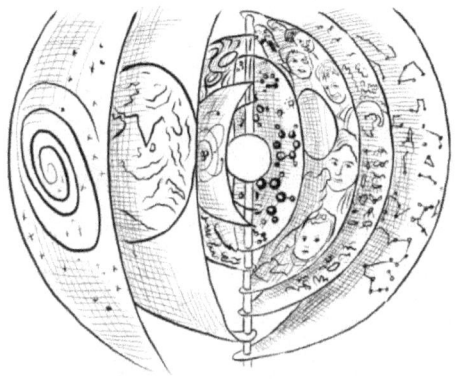

Ce pays, hors du temps, s'étend à l'infini, et partout le ciel est si clair qu'il n'y a pas un nuage ni un arc-en-ciel, et il est si immobile que rien ne bouge, si silencieux qu'aucun son ne résonne. En fait, si vous écoutez en ce moment, vous pouvez entendre ce Silence, car il est toujours là, et partout…, évidemment, des son se produisent en lui, comme le craquement des bûches de ce feu. Mais malgré tout, derrière ces craquements, ne pouvez entendre le Silence de mon pays ?

Je suppose que le Silence et l'Immobilité et la Vacuité infinies étaient le problème. Là-bas dans le Pays de la Clarté pourtant j'étais aussi réel et vivant que vous en ce moment. Je n'avais rien à écouter ni à regarder (comme ce feu) et rien à regarder ni faire avec ces bras et ces jambes. Et certainement rien qui me fasse pleurer, ou rire ou même sourire — je ne savais même pas ce que les mots signifiaient. Alors bien sûr je finis par m'ennuyer. Et il y eut cette musique, la musique indistincte, obsédante, mystérieuse. Ce Chant.

D'où venait-il ? Du Silence lui-même, de la Paix de cette Terre? Eh bien oui, peut-être. Mais je cherchais un Chanteur plus solide. Voyez-vous, j'avais cette vague envie de choses réelles — brillantes, intéressantes, colorées, bruyantes, pas trop paisibles, quelqu'un capable réellement de faire de la musique et de parler et de faire des blagues et de rire et d'inventer toutes sortes de trucs. Et je n'allais pas renoncer à l'aventure!

Il fallait simplement que je trouve le Chanteur, que j'entende le Chant clairement, pour comprendre le sens des paroles. Eh bien c'est la poursuite du Chanteur et du Chant et du sens qui m'amena à découvrir ce merveilleux Universtoi, l'Universtoi que nous présente notre Carte Profonde. Dire que j'aurais pu passer à côté de cela sans ce Chant.

J'observai le Pays de la Clarté pendant une éternité à l'affût de la moindre poussière d'où pouvait provenir cette musique. Pendant combien de temps ai-je regardé je n'en pas la moindre idée car il n'y a ni pendules, ni calendriers pour indiquer le temps dans mon pays natal. Et alors, au moment-même où j'allais abandonner, je l'ai trouvée, une minuscule étincelle de lumière blanche.

Il s'avéra qu'elle était le début de quelque chose de grand. Car elle commença rapidement à grossir, et continua de se développer jusqu'à ce qu'elle devienne un nuage d'étoiles, et le ciel se noircit tout autour d'elles, pour qu'elles puissent étinceler encore mieux. Et elle s'agrandit encore jusqu'à devenir cette magnifique Spirale sur le second pétale de notre Carte Profonde. Et — oui ! Elle tournoyait encore et encore, une grande Roue de Sainte Catherine étincelante, traînant des nuages de poussières lumineuses, créant le temps avec ses grands mouvements de bras circulaires. A ce moment-là, il y avait des traces oranges, bleues et rouges dans ses étincelles. J'étais transporté ! C'étaient les premières couleurs, c'était le premier objet, que Moi, Prince Ulysséen de l'Universtoi, Prince du Royaume de La Pure Lumière, ait jamais vus.

Oui, c'est ce que je suis — Le Prince Ulysséen de l'Universtoi. Dans le Pays de la Clarté, il n'y avait rien à voir et personne pour le voir, alors évidemment je n'avais pas besoin d'un nom. Mais dès qu'il y eut ce quelque chose à voir, je me trouvai là qui le voyait, et il fallait que j'aie un nom. Il m'est venu de nulle part : UniVous pour faire court.

Il m'est venu de ce ciel bleu-nuit berceau de mon trésor. Sans aucun doute, bien que faible et irrégulière, la musique provenait de cette splendide Spirale. Ainsi j'avais trouvé ma Chanteuse ! Je n'arrivais pas à distinguer les paroles du Chant, mais j'eus l'impression qu'il s'agissait des objets tournoyants et du secret qu'ils partageaient tous. Mon unique désir, évidemment, était d'aller directement vers ma Spirale, atterrir dans son beau pays si différent du mien sans couleurs, et y apprendre son grand secret.

Mais elle continua de grandir, et grandir, jusqu'à remplir la moitié du ciel. Regardant tout autour de moi, je découvris que j'étais entouré de toutes sortes d'autres objets tournoyants, certains des spirales, d'autres des boules de poussières lumineuses, d'autres encore ressemblant à de vagues soucoupes volantes — îles brillantes dans cette mer sombre. (Vous en trouverez quelques unes à l'intérieur du second pétale de votre Universtoi.)

Mais je n'eus pas le temps de savourer ce monde paradisiaque très longtemps. Cet horrible loup-garou commençait déjà à se faire sentir.

J'aimerais bien pouvoir vous montrer une image nette du monstre. Mais je ne peux pas, et peut-être est-ce une bonne chose: il hanterait vos rêves, comme il a hanté les miens. Tout au long de mon voyage, je n'ai jamais pu avoir une vision claire de lui. Comme tous les maitres magiciens, il était un expert dans l'art de changer de forme. (J'y suis assez bon moi-même, d'ailleurs !) Et avec un tel ennemi, vous ne savez jamais où vous allez le rencontrer la prochaine fois, et sous quel déguisement. Parfois il avait l'aspect d'un serpent ou d'un dragon, ondulant et sifflant et crachant. Ou plus souvent un loup féroce, avec son galop bondissant de chasseur de proie et son hurlement. Et il était capable de paraitre tout à fait inoffensif à première vue, jusqu'à ce que vous voyiez ce qu'il était vraiment, caché sous sa peau. J'étais sûr qu'il ne tournoyait jamais. Aucun sens de l'humour, pas le temps de jouer. Au-dessous de sa dignité !

Eh bien, cette fois-ci il n'eut pas besoin de déguisement. Etait-ce un grand filet de ciel qu'il tendit pour moi, comme un pêcheur en eau profonde, ou bien une énorme toile dans laquelle son Araignée géante, affamée, poilue et galopante essayait de m'enfermer? Non! Il ouvrit simplement tout grand sa gueule et aspira, et aspira et fit de son mieux pour m'aspirer par-dessus ses gencives violettes et entre ses dents, pour m'envoyer tout au fond dans le Trou Noir de sa gorge de loup : ce Trou dont il est impossible, à jamais, de s'échapper.

# CHAPITRE 3 : L'ANGE À L'AURÉOLE

Comment me suis-je échappé ? Je vais vous le dire.

Tandis que ce Loup-garou s'acharnait à m'attirer plus près de ses terribles mâchoires, je jetai un coup d'oeil vers le bas et vis, non pas ces bras et ces jambes bien sûr, mais à leur place un nuage de lumière. Sans m'en apercevoir, j'avais épousé ce genre de corps. Dans la Terre de la Clarté, où il n'y a rien à faire et personne pour le faire, il n'était évidemment pas question d'avoir un corps. Mais ici, dans le royaume des choses, j'étais devenu un quelque chose, et il est certain que cette Bête me voyait comme une sorte de brioche cosmique plutôt que comme l'un de ces objets sur le deuxième pétale. Et c'est cette brioche — un repas léger, allez-vous me dire, pour un Loup-garou affamé — qu'il était résolu à croquer avec son thé.

Il avait eu ce qu'il voulait. Je vis juste les restes de mon corps glisser entre ses mâchoires et disparaitre dans cet abîme noir. Je pouvais me permettre de le perdre : j'avais simplement emprunté ce corps particulier pour un moment comme prix à payer pour l'admission dans ce monde de spirales et d'îles brillantes, mais il n'avait jamais été moi — jamais de la vie! Bienvenue à toi, criai-je en me débarrassant de tous ces oripeaux et m'envolant léger comme l'air! Ha, ha, ha, tu ne peux pas m'attraper! Rien d'étonnant à ce qu'il soit furibard, et écume de rage, et que ses yeux flamboient comme des feux rouges d'avertisseur.

Ayant échappé à ces noires mâchoires en me dissolvant dans l'espace, je cherchai partout ma Spirale Chanteuse — et arrivai juste à temps pour voir sa fin. Elle était devenue si vaste que ses bords disparaissaient dans toutes les directions au-delà de l'horizon. Tout en remplissant le ciel, elle était totalement perdue. Et à la place de cette forme tournoyante, il y avait, maintenant un gigantesque chaos de tourbillons zébrés d'éclairs de lumière et de nuit, comme les eaux d'une mer profonde, étincelante, se précipitant indéfiniment vers le bord du monde. Une explosion gigantesque au ralenti. Mon Ennemi avait-il réellement fait exploser ma Chanteuse? Etait-ce la signification de son lointain hurlement de triomphe?

Son triomphe ne dura pas longtemps. J'entendis à nouveau le chant que je croyais avoir perdu pour toujours. Et même plus clair qu'avant. Et pourtant je ne voyais rien qui ressemble à ma Spirale, rien à quoi rattacher la musique.

Mais il y avait une lumière qui devenait sans cesse de plus en plus brillante. Elle se révéla bientôt être un disque orange flamboyant, et je commençais à être persuadé que c'était là ma nouvelle Chanteuse. Comme cela paraissait étrange! Ma grande Spirale avait-elle seulement fait semblant de chanter ? La musique était-elle venue à travers elle, et non pas d'elle-même ? De toute façon, elle arrivait maintenant claire et nette. Non, pas si claire et nette! Un méchant bruit venait sans cesse la submerger; Comme si quelqu'un essayait de toutes ses forces d'étouffer le Chant complètement.

Mais pour le moment, mon attention était retenue par ce qui se passait tout autour de moi. Le ciel tout entier était plein d'étoiles. Et tandis que je regardais avec admiration, je vis qu'elles contenaient des grandes formes d'animaux et de gens. Il se produisit un grand vacarme dans le ciel, comme si une immense chasse se préparait. Regardez cette image à l'intérieur du troisième pétale, et vous verrez ce que je veux dire. Tout en haut, vous pouvez voir Hercule brandissant sa lourde masse, prêt à écraser — cela pourrait-il être un dragon, avec une longue queue de serpent et une tête minuscule ? Ou bien le monstre du Loch Ness, échappé de son loch et se débattant au milieu de l'océan ? Hercule est la tête en bas, mais cela ne lui enlève pas du tout ses moyens. Les Cignes s'envolant sagement pour lui laisser la place. Et les jumeaux, Castor et Pollux, à gauche de la scène, se tiennent les mains nerveusement. Rien d'étonnant à cela. D'un côté les Lions sont en train de ramper vers eux, et de l'autre le Taureau gratte la terre et se prépare à charger. Persée, le type lâche avec son chapeau pointu, a le dos tourné et prétend ne pas savoir ce qui se passe, tandis que l'Ours s'enfuit en courant loin des problèmes. Orion, un peu plus serviable, essaie de détourner l'attention du Taureau avec son bouclier, comme un torero trainant sa cape rouge.

Et soudain la grande chasse céleste se figea, comme si un magicien cosmique avait hurlé par-dessus tout ce dangereux vacarme : ARRETEZ!! Et ils arrêtèrent bel et bien, tous, et pour toujours.

Allons à la fenêtre et regardons-les maintenant, pour nous-mêmes. Couché, Douglas, gentil minou! Regarde là-haut! Ils sont là tous immobiles, les Jumeaux et la Grande Ours et le puisant Hercule et tous les autres, gelés dans leurs trajectoires. Et c'est ce qui va nous arriver si nous restons ici encore longtemps! Ce verre est déjà en train de se recongeler.

C'est bien, Douglas, tu peux revenir sur mes genoux maintenant. Comme je l'ai dit, tout s'est arrêté. Mais pas la musique. Je me retournai pour voir d'où elle venait. Et voilà, beaucoup plus grande et brillante qu'avant, flamboyante comme ce feu, voilà ma nouvelle Chanteuse. Et au-dessus d'elle un halo, comme en portent les saints et les anges. Et comme je regardais, le halo s'est déployé lui-même en cercles fins de lumière colorée. Une Chanteuse Auréolée, au lieu d'une Spirale! Bon! Je n'étais pas pointilleux: son Chant était exactement le même. La voici sur la face extérieure du pétale 3.

Comme je contemplai et écoutai les cercles sont devenus de plus en plus grands jusqu'à ce que je vis que ce n'était pas des cercles du tout mais des taches de lumière tournoyant si rapidement autour de ce disque orange qu'elles laissaient des traces comme d'énormes anneaux. Les traces pâlirent et  disparurent soudain, ne laissant derrière elles que ces sphères aux couleurs merveilleuses que vous pouvez voir sur la face intérieure du pétale 4.

Et pendant tout ce temps-là, le disque orange au milieu d'elles était devenu de plus en plus brillant — et oui, de plus en plus chaud! — jusqu'à ce que, O mon Dieu, il remplit le quart du ciel, brûlant, flamboyant, sifflant… quelque chose de terrible était en train de se passer. Il y avait un bruit de friture.

Et le Cuisinier ! eh bien je savais exactement qui était réellement ce dragon du ciel. Et je pouvais entendre le bruit de ses grandes mâchoires salivant à l'approche de ce repas — d'Univeriens —ajourné depuis si longtemps !

Et je ne voyais aucun moyen d'y échapper.

# CHAPITRE 4 : L'ANGE QUI RIT

C'est pure chance si je me suis sorti de là — ma chance et sa panique à lui. Ce Loup Garou changea de tactique et décida, un peu trop tard, de me mettre dans son frigidaire pour son petit-déjeuner demain matin, au lieu de me mettre dans sa poêle à frire pour le souper de ce soir. Résultat: il n'a eu ni l'un ni l'autre.

A l'intérieur du pétale 4 vous pouvez voir une partie de son énorme poêle super-chauffée. Et plus haut sur l'image l'autre chose non moins énorme — ce disque marbré, glacé. Eh bien, c'était son congélateur. Par Jupiter, comme il fonctionnait bien! Je m'approchai à peine et je frissonnai et tremblai de froid. Mais alors je me trouvai propulsé vers cet autre disque , tout près du frigidaire et un peu plus loin de la poêle. J'espérais que ce ne serait pas l'une de ses assiettes pour son repas.

Evidemment, cela se révéla n'être rien de ce genre. Trouvez votre propre nom pour cette créature, mais pour moi elle sera toujours mon Ange Qui Rit— à cause de sa beauté, de sa voix angélique (oui, sa façon de chanter le Chant) , son infatigable tournoiement, balancement, et sa liberté dans les cieux, et pardessus tout son sens de l'humour. Et me voici, le Prince Univerien, l'un de ses nombreux petits satellites semblait-il, ravi de faire partie de son escorte et de danser à son service, encore et encore et encore.

Drôle d'ange que voilà, dites-vous! Pas d'ailes émergeant de ces épaules et peu de signe de vie dans ce visage rocailleux! Qui a jamais vu l'embouchure de l'Amazone se transformer en sourire Américain, ou le Golfe du Mexique bailler un peu plus grand, ou le Cap Gris-Nez essuyer les gouttes à son nez, ou l'Italie envoyant un coup de pied sournois à la Sicile? Eh bien, si vous ne reprochez pas à une rose de n'avoir ni bras ni pieds, ou à une hirondelle de ne pas avoir de nageoires, pourquoi reprocheriez-vous à un ange de ne pas avoir de membres et de ne pas porter un visage humain? Là-haut dans le ciel, ils auraient simplement l'air ridicule, ou alors seraient encombrants. Mon Ange Qui rit a tout ce dont le meilleur et le plus doué des anges peut avoir besoin.

Tout!

Pour commencer, en examinant ce glorieux corps céleste avec mon microscope, j'ai découvert un nombre infini d'artères et de veines. Elles ressemblaient au dessin que présente un pétale de rose, avec une arborescence dans toutes les directions. Certaines branches étaient très espacées, d'autres enchevêtrées les unes avec les autres en noeuds serrés. Un grand nombre d'entre eux se sont en fait épaissis et allongés sous mes yeux. Sans arrêt, de nouvelles veines se formaient, et les vieilles disparaissaient lentement.

Maintenant, vous pouvez vous demander combien de temps cette observation de l'ange m'a pris. Aucun problème! Ma montre ici est un gadget assez remarquable. Avec elle, je peux prendre le temps ou l'effacer, l'accélérer ou le ralentir ou même le faire aller en arrière. A cette occasion, je l'ai utilisée pour prendre le temps, et j'ai regardé, fasciné, les veines de mon Ange Qui Rit en serpentant littéralement sur sa peau.

Il y avait autre chose d'étonnant à propos de ces veines et artères. l'Ange Qui Rit, comme vous pouvez le voir sur son portait ici, a un côté toujours sombre, où sa face ronde et brillante s'obscurcit et perd ses bords et se fond dans les cieux bleu foncé qui sont sa demeure. En étudiant ce côté sombre à travers mes lentilles, j'ai pu dépister avec précision le trajet de ses veines jusque dans la nuit —parce qu'elles étaient incandescentes, surtout là où elles étaient rassemblées en noeuds. Cette habitante du ciel était une sorte de luciole céleste, brillant de sa propre lumière. Une luciole musicale. Et très bavarde.

C'était son incroyable don de bagout tandis qu'elle parcourait doucement les cieux qui m'impressionnait vraiment. Et son rire! Jusque là mon Universtoi avait été un endroit sérieux, et parfois carrément solennel. Mais voici cet Ange Humoristique qui éclate de rire à sa propre barbe et à celle de tout le monde. Ou bien glousse gentiment. Ou encore, avec sa sorte spéciale de visage impassible, utilise le pince-sans-rire. O! Je l'adorais pour cela!

(Rire … statique … bip-bips …encore rire et applaudissements … puis:

Comédien I : *%#@#**&^% ..!

Comédien II : *&$%%^$#& !!

( Rire … Applaudissements …)

Je n'en compris pas un mot. Mais ce rire! La voûte du ciel en retentissait.

Je ne sais pas pourquoi je reliai se rire à mon Chant. Et je sus, sans savoir comment ni pourquoi, qu'ils partageaient le même secret, et que ce secret se trouve au centre même, au coeur de l'Universtoi.

Au début, bien sûr, je ne comprenais absolument rien à son discours. D'abord, elle parlait de manières si différentes. Mais je m'aperçus rapidement que, malgré tous ces langages, le plus souvent elle parlait comme moi, et certains sons comme le rire semblaient communs à tous. Ce fut un sacré travail d'apprendre ce langage mais j'avais heureusement ma montre très spéciale qui me donna tout le temps nécessaire pour le saisir.

Ensuite, je l'entendis dire à l'Université de l'Air ( était-ce là le nom poli qu'elle donnait à ses compagnons célestes plus doués qu'elle ?) quelle habite à 93 millions de miles du Soleil. Et qu'elle voyage autour de lui tous les 365 jours, 5 heures, 46 minutes, 46 secondes. Et que son tour de taille mesure 25.000 miles.

Etc., etc, etc… , indéfiniment. Que ne savait-elle pas sur elle-même, mon Ange Qui Rit, comme ses mensurations étaient précises ! Je n'ai jamais rencontré un être humain qui fut à moitié aussi précis. Mais je trouvai très amusante la façon dont elle parlait toujours d'elle-même comme « cette Terre-ci » et « cette Terre-là » comme si elle ne se sentait pas tout fait bien aujourd'hui. Par la suite, je rencontrai un petit garçon qui avait la même, habitude étrange et disait sans cesse des choses comme « Bobby veut voir le crocodile » et « Bobby est fatigué ». Mais comme mon Ange était différente de Bobby — Bobby qui n'avait pas la moindre idée de ce qui était à l'intérieur de lui, ne savait pas du tout comment il avait commencé, et était incapable d'additionner et de soustraire, sans parler de calculer les sommes compliquées pour expliquer son comportement. Mon Ange était au courant de tout cela, ou de leurs versions angéliques, et bien plus.

Elle était une merveille d'intelligence (Q.I. au moins 200, je pense! ) et savait tout ce que vous pouvez souhaiter de savoir à propos de ses compagnons célestes aussi bien que d'elle-même.

Comment diable trouvait-elle tout cela ? me demandai-je. Autant que je puisse le savoir, à part tout ce labyrinthe délicat de veines, elle n'avait ni yeux ni oreilles pour surveiller ses voisins. Mais finalement je les ai trouvés, ses organes très, très spéciaux, certains enfouis au milieu des veines, d'autres se prolongeant loin dans l'espace comme des yeux de crabe extra-mobiles. Plus tard, j'ai réalisé qu'elle avait ses propres noms en réserve, des noms amusants, pour désigner toute cette magnifique anatomie angélique, ses veines et ses organes des sens, son incessant bavardage, son chant imperturbable, les longs doigts qu'elle tendait nerveusement pour toucher et caresser les corps célestes rassemblés autour d'elle. Elle avait cette façon comique ( j'imagine que c'était en fait simplement une autre de ses blagues pince-sans-rire ) de les appeler programmes et chaines de TV et radio, et autoroutes, canaux et trains, et Apollos, et télescopes et observatoires, simplement comme s'ils étaient tous des choses mortes, se trouvant là par hasard. Comme si vous parliez toujours de vos yeux comme de Kodaks et de vos oreilles comme de microphones! Sa vue était-elle perçante pour tout sauf elle-même ? Non! Simplement elle avait un sens fantastique de l'humour!

Et elle ne jouait pas toujours ce jeu. Car en ce moment de nouveau, je l'entendais chanter son Chant que je pistais depuis si longtemps. Pas de discours timide sur la Terre. Elle chantait très fort à son propre sujet comme si elle avait été un objet tournoyant dont le secret était qu'elle ne tournoyait pas du tout. Une autre blague, sans aucun doute. Mais une blague avec un côté sérieux. Je voulais absolument entendre ce Chant clairement et comprendre son sens, même si cela voulait dire tourner autour de mon Ange Qui Rit indéfiniment. Fondamentalement j'avais accompli ma mission, dévoilé enfin cette mystérieuse insaisissable Chanteuse. Le Prince Universien se trouvait dans une sorte de Paradis. Et il avait bien l'intention d'y rester !

Et bien sûr, il arriva en un éclair— le matin suivant de cette lune de miel céleste, la fin de cet Eden. Quelque chose m'envoya un terrible coup en plein corps —ou quelqu'un. Un Serpent étincelant, avec une longue queue ondulante, et un sifflement qui déchirait et fendait le ciel paisible.

# CHAPITRE 5 : LE STUDIO

Floué de n'avoir pu mettre son Prince Universien dans la poële à frire ou au frigidaire, ce Diable attendait simplement son heure pour se jeter sur moi au moment où je m'y attendais le moins. Ma descente fut d'abord incontrôlée : l'Ange Qui Rit explosa trop rapidement, mais je trouvai le moyen de freiner ma chute et à un point très intéressant — assez près de la Terre pour me révéler des détails imprévus de sa vie. Je fus étonné de la trouver infestée d'immenses hordes d'organismes sans jambes et brillants, avec d'immenses yeux lumineux et une odeur déplaisante. J'eus l'impression que c'étaient des bêtes vénéneuses et certainement très dangereuses. Vu d'en haut, glissant le long de leur piste scintillante on eût dit qu'elles étaient une sorte d'escargot aérodynamique avec des coquilles fragiles aux couleurs brillantes, qui sécrétait cet immense réseau de trainées soyeuses pour lubrifier leur mouvement. D'après leur nombre et la façon dont elles avaient modelé la surface de la Terre dans leur seul intérêt, il était évident qu'ils la possédaient. Quelle autre espèce avait une chance contre elles?

Je restai dans le coin assez longtemps pour observer comme la Nature les avait doués d'un instinct merveilleux pour se glisser le long de leurs pistes souvent congestionnées et étroites sans jamais se cogner les uns aux autres, ni même se frôler (c'étaient des organismes extraordinairement délicats) , capables d'assurer ainsi la survie de l'espèce. Je vis leurs nombreuses aires d'alimentation et lieux de rencontre, comparai la vigueur et les appétits des petits et des adultes, et remarquai à quel point leur nombre et vitalité dépendait de l'environnement. Dans les régions favorables, ils étaient forts et bien développés; dans les climats moins propices, ils étaient pour la plupart chétifs, maladifs et vieillissants. Je remarquai comme ils aimaient s'attrouper les uns contre les autres, en rangs serrés, pour se réconforter, se reposer et méditer. Je vis comment, à la manière des éléphants, ils trouvaient instinctivement leur chemin vers leurs anciens cimetières, à la fin des dix ou vingt ans de leur existence terrestre. Et je fus horrifié de voir qu'ils étaient infestés de grands parasites à quatre pattes.

Juste à ce moment-là, je commençai à entendre de nouveau la musique, et même des morceaux du Chant. Cela semblait venir d'une énorme structure circulaire là-en-bas. Je dirigeai le reste de ma chute dans sa direction. Il y eut un moment indescriptible — assourdissant, déroutant, épuisant. Et brusquement — Alicia! Alicia, mon tout premier être humain — oui, humain en chair et en os. Alors voilà ce à quoi ressemblait la Chanteuse, après tout ! La voilà debout dans une vaste pièce inondée de lumières, où elle chante son Chant (du moins une partie) et elle chante fort et ses paroles sont enfin claires!! Mais de temps en temps un jeune homme très agressif, vêtu d'une canadienne, l'interrompt.

Alicia : Beaucoup d'objets qui tournent, UN SILENCE;
Shshshshshsh  TOP SECRET

Le Jeune Homme: Tu n'es rien qu'une tête peinte —
Une houppe colorée, avec un visage-type,
Dans le vent.

Alicia : Joues potelées ou blêmes et creuses,
    Jeunes et resplendissantes ou ridées et douces,
    Noires ou blanches ou brunes ou jaunes …
    Ha ha ha — si seulement il savait—
    Je suis la LUMIERE dans laquelle les visages flamboient,
    Vides pour accueillir le brillant arc-en-ciel.
Tu ne me crois pas ?

Le Jeune Homme : je te dis : NON!

Alicia : Regarde, regarde-toi toi-même alors. Que vois-tu ?
    Disparue, la tête colorée! Où es-tu partie?
    Beaucoup d'abat-jours, UNE SEULE LUMIERE.
Shshshshshshs. TOP SECRET.

Peut-être pensez-vous maintenant que si Alicia était encore en train de chanter ce même Chant que j'avais entendu tout au début de mon voyage il y a si longtemps, waw! elle devait maintenant être devenue une dame incroyablement vieille et en avoir plein le dos de chanter ce Chant. Elle était si jeune, dynamique et roucoulant gaiment! Eh bien, ma pendule magique avait survécu à ma chute, elle était en parfait état de marche, tout comme cette montre bracelet que je porte en ce moment. Juste ce qu'il fallait! J'espère que cela vous aidera à comprendre comment j'ai pu rattraper le Chant d'Alicia , même après qu'elle eut fini de chanter— si vous voyez ce que je veux dire.

Pas une montre ordinaire, cette beauté ! Mais à qui appartenait le poignet de celui qui la portait ? En vérité, je l'avais mise, non pas sur un corps céleste de fortune, mais sur un corps très terrestre et solide— le corps d'un garçon de douze ans.

Maintenant si je vous disais que j'étais dans un corps de garçon, ou que j'étais réellement un garçon, je mentirais. C'était toujours aussi vaste et clair ici que cela a toujours été, comme c'est exactement en ce moment. Mais bien sûr, chaque fois que j'abaissais mon regard je voyais deux objets articulés merveilleusement obéissants comme ceux-ci que j'étends en ce moment vers votre feu, et une poitrine et des genoux comme ceux-ci (mais sans Douglas blotti dessus) et deux autres objets articulés comme ceux-ci avec lesquels je lui caresse le dos. Je m'y habitue maintenant, mais dans ce studio de TV ils étaient nouveaux et très tremblants. Pourtant je me suis rapidement habitué à donner les ordres les plus difficiles à ces serviteurs, qu'ils exécutaient miraculeusement en deux temps trois mouvements. Comment ? Dieu seul le sait! C'était un tour de magie un million de fois plus étonnant que n'importe lequel que j'avais accompli dans le ciel. ( la suite, certains humains ont essayé de m'expliquer que ce n'était pas miraculeux du tout. Pensez-vous qu'ils plaisantaient ? Ou étaient simplement incroyablement modestes ? )

Bon. Je découvris que ces jambes me conduisaient miraculeusement dans un pièce plus petite, avec moins de lumière éblouissante mais pleine de gens bruyants. Les Humains! Croyez-moi, il faut un être non-humain pour VOIR l'une de ces créatures! Des spirales et des étoiles qui chantent, des anges bedonnants riant aux éclats, la grande communauté céleste, même ces monstres rampants — eh bien ceux-là étaient, pour ainsi dire, naturels! Mais il était si difficile de croire à ces objets caoutchouteux et bavards, en panne de crevaison dans des endroits improbables, avec leurs tentacules agitées! Ce qui le rendait encore plus difficile, c'était que la plupart d'entre eux faisaient quelque chose de choquant. Ils enfournaient sans honte des substances étrangères dans des trous bordés de rouge, ouverts dans leurs têtes — et ils avaient l'air de considérer cela comme tout à fait normal. Sans la moindre réserve!

On m'apporta un plateau chargé de choses. Téméraire, je sortis une tentacule — une main — et approchai de moi un petit échantillon et l'enfournai. Non pas dans un petit trou dans une tête, Ïe vous le jure, mais dans ce Trou immense que je trouve toujours ici, exactement où je suis. Et alors, un nouveau miracle se produisit: cet échantillon, ce morceau coloré se transforma instantanément en — un goût délicieux! Quelle chance! Les choses que je voyais s'engouffrer dans les têtes des gens n'avaient aucun goût, mais lorsqu'elles entraient dans mon espace elles étaient tout à fait délicieuses. Je surmontai ma timidité. Et bientôt le plateau fut vide. Je regardai autour de moi pour voir s'il y en avait encore. Les humains avaient là vraiment quelque chose !

Ensuite je me trouvai là debout, assez branlant et avec pas mal de renvois, dans un coin avec trois autres joyeux mangeurs. Celui de taille moyenne me parlait et j'étais stupéfait de voir que les sons sortaient du même trou que toutes ces tartes et petits pains et sandwiches qui y avaient disparu !

John : Est-ce que ces snacks ne sont pas super? Je m'appelle John et j'ai 10 ans, et voici Bobby mon jeune frère qui a 4 ans. Et voici

Jo — pardon, Joanna ! — ma grande soeur, elle a 14 ans et est l'amie d'Alicia qui vient de chanter. Un programme de Télé, tu sais. Et dis-moi, comment t'appelles-tu

Ulysséen: Je suis — euh, un ….. visiteur étranger — le Prince Ulysséen —Un nom à coucher dehors! Tu peux m'appeler Uni, si tu veux.

Joanna : Qu'est-ce qu'un Prince fait ici ? Comment es-tu entré ? Tu vas bien ? Tu as l'air un peu branlant sur tes jambes, et ta respiration…

Universien : Eh bien si vous étiez debout et respiriez pour la première fois, vous ne trouveriez pas cela si facile non plus. Vais-je jamais m'habituer à cela ? Et à faire disparaitre des tartes à la confiture et des choses dans mon espace ?

Ils se tenaient sur la pointe des pieds pour mieux entendre, alors je leur ai parlé à tous les trois — les deux joyeux Bobby et John et la si sérieuse Joanna — du Pays de la Clarté, et de la musique, et de ma recherche de la Chanteuse (enfin trouvée et identifiée, certainement), et de l'horrible Loup Garou, et de la Spirale et de l'Ange Auréolé, et surtout de mon Ange Qui Rit, et comment ce Loup Garou m'avait séparé d'elle. Bobby n'arrêtait pas de rire et d'applaudir et de courir chercher encore du gâteau. John semblait envoûté par mon histoire. Et Joanna avait l'air — de plus en plus perplexe. Je l'interrogeai sur Alicia.

Joanna : Alicia est ma meilleure amie. Elle aime chanter ce Chant, mais je doute qu'elle en comprenne mieux le sens que nous tous.

Mais dis-moi, est-ce que quelqu'un va venir te chercher ici ? Quoi, personne ? Les Princes n'ont-ils pas des — serviteurs ? Notre Père va nous chercher bientôt et nous conduire au Zoo. Veux-tu venir avec nous ?

Et alors un gentleman gai et grassouillet apparut, et Joanna expliqua que j'allais au Zoo avec eux. Il sourit, fit signe qu'il acceptait et nous fit signe de le suivre. Joanna et lui marchaient devant, en grande conversation. Boby, John et moi suivions et nous montâmes tous dans une voiture qui démarra.

Comme c'était différent d'être dans — d'être — l'une de ces choses brillantes et ondulantes, plutôt que de les regarder d'en-haut ! L'histoire intérieure n'avait rien de commun avec l'histoire extérieure. C'était ce que je découvrais toujours dans mes voyages, quelque soit le corps que j'empruntais — le corps d'une voiture, le corps d'un garçon, le corps des murs ou des toits, n'importe quel corps…

Dans la voiture, Johnny me demanda de lui parler du voyage dans l'espace.

J'expliquai :

Ulysséen : Je n'ai jamais bougé d'un centimètre. Je reste simplement immobile et regarde les choses grossir, comme le font ces maisons devant nous, et ensuite rapetisser (regarde en arrière et vois ce qui leur arrive maintenant), et je les regarde et les vois tourner comme ce magasin au coin de la rue, ou bien se précipiter vers moi et se perdre dans mon espace, comme la surface de cette route devant nous. Maintenant, j'avale ces lampadaires tout comme j'ai avalé les sandwiches tout à l'heure, mais ils n'ont aucun goût.

John : Oui, oui, c'est super! Tout la ville est en mouvement, elle glisse, elle tourne, elle enfle, elle rétrécit, et moi, pendant tout ce temps-là, je reste immobile. Je n'ai rien à faire! C'est magique !

Joanna : Ne sois pas idiot, Johnny ! Ce n'est pas magique. Les vrais magiciens font des choses incroyables avec des charmes et de la sorcellerie, des choses comme transformer ton professeur de maths en crapaud, ou avoir tes devoirs faits en deux secondes, ou te changer en une belle princesse.

Avant que John ait eu le temps de répondre, nous arrivâmes au Zoo — le Zoo Humain — où le Dr. Manley, le père des enfants, nous laissa tous les quatre nous amuser tout l'après-midi.

# CHAPITRE 6 : LE ZOO

Nous nous sommes baladés dans ce Zoo jusqu'à ce que nous soyons fatigués. Nous nous assîmes finalement en face d'une cage aux singes. J'avais carrément sommeil après toute cette excitation. Deux chimpanzés, un gros et un petit, nous regardaient intensément et baraguinaient comme le font les chimpanzés. Je suis assez bon en langues, alors je descendis près d'eux et commençais à apprendre le 'chimpanzé'. Cela prit du temps, ma montre spéciale résolut ce problème. Voici ce que je compris dans leur conversation.

Grand Chimpanzé : tu dois apprendre à ne pas être effrayé ou choqué par leurs formes bizarres. Souviens-toi qu'ils sont des enfants de la Nature eux aussi. Après avoir créé les chimpanzés, il était fatal qu'elle perde un peu la main.

Petit Chimpanzé : regarde Papa, il y en a un avec son petit !

Grand Chimpanzé : Un kangourou. Vois comme elle porte son bébé dans la poche devant elle au lieu de l'enfermer dans son ventre. Hé! Regarde là-haut, et tu as voir, parmi ces mouettes, une autre sorte d'oiseaux. Tu peux voir que d'après sa voix, sa raideur et sa maladresse, il n'appartient pas au Royaume Animal ordinaire. Et là-bas, tu peux voir en train de réparer le grillage de sa cage, l'une de ces créatures avec une pince de langouste à la place d'une main. Et sur le bâtiment d'en face ils a d'autres spécimens avec différentes sortes de pattes.

Petit Chimpanzé : Mais Papa, n'est-ce pas cruel de les enfermer comme ça derrière des barreaux ?

Grand Chimpanzé : Ils ne le remarquent pas, ils sont tellement distraits ! Mais nous les avons bien dressés. Vois comme ils défilent humblement devant nous, comme ils sont épuisés à force de cheminer lentement le long de leur cage d'un kilomètre, tandis que nous dans le Royaume des Animaux restons tranquillement chez nous, émerveillés par le spectacle de l'Humanité.

Petit Chimpanzé : Oh, Papa, je viens de voir quelque chose d'horrible ! La pince-de-langouste de cette créature vient de s'arracher !

Grand Chimpanzé : oh ! Ce n'est rien, regarde, il vient de produire un instrument très puissant à sa place, très bruyant, et qui n'arrête pas de frapper. Et son ami a produit soudain une épaisse fourrure, et ce qui ressemble à une nouvelle tête rousse, brillante, et deux roues. En fait, un nouveau corps qui sent mauvais, qui est bruyant et rapide et dangereux. Et le voilà parti !

Petit Chimpanzé : Papa, ça doit être super-chouette de pouvoir ainsi transformer son corps à loisir !

Grand Chimpanzé : Je doute qu'il s'en rende compte. Ni même qu'il trouve cela drôle. Mais tes membres à toi, mon fils, ne sont pas si facilement remplaçables. Combien de fois ne t'ai-je dit de rentrer tes bras dans la cage comme cela ? Ça les chatouille et un de ces jours ils vont le mordre. Mais maintenant c'est l'heure du diner. J'entends notre sommelier dans la salle à manger. Quel trésor, ce serviteur ! Si ponctuel, fiable et propre !

Père et fils disparurent à l'arrière de leur maison. Je me secouai et repris mes esprits. Avais-je rêvé ? Rêve ou pas rêve, à partir de ce moment le vrai corps humain m'apparut toujours tel que les chimpanzés le voient — un grand corps dispersé, étendu partout comme ces fourchette, pelle, tisonnier et pinces, facilement produits et amputés sans douleur. Le plus drôle, c'est que ces créatures pensent qu'elles sont des petits morceaux vivants, de chair et de sang, séparés, et ne remarquent jamais qu'elles sont principalement acier et bois et verre et caoutchouc et béton, avec les dimensions et les comportement correspondants.

Eh bien, me voilà assis dans leur Zoo, avec les six jambes que j'ai maintenant — quatre d'entre elles en bois — en train de regarder Bobby. Il pataugeait dans une flaque d'eau, et Johanna en colère lui disait d'être un bon garçon, et Bobby protestait qu'il n' était pas un garçon. Il était un 'potam'! Il était un phoque! Il était le Roi des Animaux!

Johnny coupa court à cette discussion en me demandant de lui enseigner d'autres tours de magie.

Je répondis que je pouvais lui montrer comment dérouler le tapis rouge pour les V.I.Ps du monde. Ou bien ouvrir son troisième oeil magique. Ou peindre le Zoo en rouge instantanément. Ou obliger les objets de le servir comme des esclaves obéissants. Ou bien comment prendre n'importe quel visage qu'il puisse souhaiter — animal, végétal ou minéral. Que choisissait-il ?

Il les voulait tous. J'ai commencé par suggérer qu'il regarde le soleil au-dessus du lac, et le tapis d'or étincelant qui s'étendait jusqu'à … qui ? sinon le V.I.P. ?

Bobby dit que le tapis allait jusqu'à lui parce qu'il était Le Roi du Monde. Johnny était sûr qu'il n'allait que jusqu'à lui. Johanna dit que ce n'était pas un tapis magique du tout mais quelque chose à voir avec ses yeux.

Je dis « d'accord », mais combien d'yeux pouvait-elle compter, maintenant ?

Johnny dit que tout ce qu'il pouvait trouver, c'était une immense fenêtre, sans cadre ni verre, et sans personne regardant à travers.

Bobby dit : N'importe quoi! Bobby n'a pas d'yeux du tout.

Et Johanna dit que nous étions tous devenus fous, et menaça de ramener Bobby à la maison immédiatement s'il ne sortait pas cette flaque d'eau. Et puis j'ai trouvé un morceau de verre rouge sur le chemin. Bobby l'attrapa et s'écria immédiatement qu'il avait peint en rouge les nuages, et aussi le visage stupide de sa soeur, et les cygnes sur l'étang.

Johanna était très en colère avec lui et disait qu'il ne faisait que regarder à travers un horrible morceau de verre brisé et que c'était très dangereux. Il lui tira la langue, me tendit le morceau de verre et s'enfuit en courant pour voir le chat sauvage — et, semblait-il — entamer une discussion avec lui. Le chat grondait et crachait sur lui à travers les barreaux. Lui fermait les yeux et les rouvrait encore et encore, et bouchait et débouchait ses oreilles avec ses doigts, et dansait et criait « Partis ! Revenus ! Tous partis ! »

Johanna nous demanda de ne pas l'encourager. Nous arrivions à l'éléphant.

Je dis : Regardez comme il est énorme, comparé à la voute sous laquelle il doit passer! Vous pouvez facilement l'encadrer entre votre pouce et votre index. Comment va-t-il faire ? Regardez. Voyez ! Maintenant il a rétréci aux dimensions d'un jouet et passé facilement sous la voûte, sans que ces enfants-jouets sur son dos soient touchés.

Johnny courait déjà vers la voute. Il nous cria qu'il était toujours aussi grand et obligeait la voûte à s'adapter à lui. Ensuite il se mit à courir partout en criant que les bancs et les arbres et les animaux et les gens grossissaient et rétrécissaient à sa volonté, et aucun d'entre eux ne pouvait lui faire faire la même chose à lui. Comme ils servaient leur Roi de bonne grâce !

Bobby dit : « Non, c'était Bobby qui était le Roi. Mais Bobby avait mal au ventre.»

Johanna dit que ce n'était pas étonnant après tout ce gâteau. Il n'avait qu'à rester tranquille et cela irait vite beaucoup mieux. Et pourquoi ne viendrait-il pas voir le joli singe au visage bleu à qui Johnny était en train de parler ?

Johnny expliqua que le singe et lui échangeaient leurs visages.

Johanna lui dit qu'il était fou et que le singe et lui faisaient un couple bien assorti. Un couple de singes stupides, avec seulement deux pieds et quelques barreaux entre eux. Mais Johnny répondit que c'était elle, le stupide babouin, et qu'en fait il n'y avait rien de son côté à lui des barreaux et certainement rien à partir de quoi mesurer la distance. Après quoi Johnny et moi avons emmené Bobby aux toilettes, où il fut vraiment malade.

Laissant Johnny là pour surveiller son petit frère, je suis retourné près de Johanna et la trouvai en train de pleurer en silence dans son mouchoir. J'attendis un moment, puis lui demandai ce qui se passait.

Johanna : Rien. Je pense que vous avez fait un singe de Johnny. Évidemment Bobby est trop jeune pour voir ce qu'il y a de faux dans toute cette histoire, mais Johnny devrait se rendre compte. Cette façon de prétendre être un Prince, ou le Roi du Monde, c'est tout simplement redevenir un bébé. Les petits enfants doivent grandir et apprendre que le monde n'existe pas pour leur seul plaisir. Je pense que ce que vous faites est — oui, dangereux. La plaisanterie est une chose, mais…

J'attendis et elle poursuivit :

« Comment puis-je vous dire quel est le véritable problème ? Mais, après tout je puis bien vous dire, je ne vous verrai sans doute plus jamais après aujourd'hui ! Je suis si malheureuse ! Si vous étiez un vrai magicien, vous pourriez peut-être m'aider à faire quelque chose pour mon problème. C'est mon visage. Oh je le déteste, il est horrible ! Mon nez surtout. J'ai supplié mon père de me permettre de le changer par la chirurgie esthétique. Il me répond simplement avec un sourire de pitié et dit que c'est de l'imagination et que je suis très jolie. »

Il y eut un long silence. Je ne savais pas quoi dire.

Ulysséen : Johanna, regarde moi, regarde mon visage. Maintenant oublie ce que les gens t'ont dit que tu vois et regarde simplement pour et par toi-même. Où est maintenant ce visage qui t'inquiète tant ?

Peux-tu le trouver ? Qui l'a ? Ton visage n'est-il pas mon problème en ce moment ? En fait pas de problème du tout.

Je lui fis chercher un miroir de poche et le tenir devant elle pour y voir son visage et remarquer qu'il était aussi loin d'elle que moi et que ma caméra devrait être pour la prendre en photo. Ainsi tous les trois — moi, son miroir et ma caméra — devaient être à environ un mètre pour capter son visage. Parce que sa place est là-dehors !

Ulysséen: Désormais tu peux regarder joyeusement dans ton miroir pour voir ce que tu n'es pas ! Que penses-tu de ce lifting — il est vraiment énorme, indolore, instantané et, de plus, gratuit ? Maintenant sèche tes yeux. Je les vois revenir.

Bobby avait retrouvé la forme, plus bondissant que jamais et demandant encore de la magie. Mais juste à ce moment nous fûmes rejoints par le Dr. Manley, qui voulait ramener les enfants à la maison. Et moi ?

# CHAPITRE 7 : LA CLINIQUE

Nous rentrâmes chez eux, Johanna jubilant avec son nouveau secret, et le souper fut servi. Immédiatement après, Mme Manley (qui ne souriait jamais) me conduisit à ma chambre. Elle semblait penser que je n'étais pas bien et avais besoin de 'beaucoup de sommeil'. Je lui demandai ce que c'était que le sommeil. Elle sembla très surprise et dit quelque chose comme « 'perdre conscience' —- et que je devais bien savoir ». Je promis d'essayer.

Je fis de mon mieux, mais voici ce qui arriva : comme j'étais étendu là, il se fit de plus en plus sombre et le réveil sur l'étagère indiqua huit. Ensuite la lumière revint et le réveil afficha sept. Il avait sauté onze heures. Et je n'avais ni perdu ni repris conscience. Et je ne comprenais pas ce que 'perdre' et ensuite 'retrouver' une telle chose voulait dire. Rien à voir avec perdre votre stylo ou votre sang froid, et les retrouver ensuite.

Mme Manley entra et me demanda comment j'avais dormi. Je répondis qu'il n'y avait eu aucun espace entre huit heures et sept heures. Elle hocha simplement la tête et parut encore plus soucieuse. Je la regardai encore et encore, essayant de la comprendre. Elle dit que je ne devais pas être mal poli et fixer les gens ainsi.

Quand j'ai rejoint la famille au petit-déjeuner, comme tout était différent! Bobby furieux trépignait et cette fois c'était Johnny qui pleurait, et Dr. Manley paraissait très sérieux. Quant à Jo, elle arriva en courant et se plaça entre son père et moi, et déclara qu'elle ne laisserait personne m'emmener dans cet horrible endroit. Le docteur essaya de calmer les enfants en les assurant que tout irait bien pour moi bientôt, et que bien sûr ils me reverraient. Puis il me fit monter dans sa voiture, sans un mot pour Mme Manley, et les trois enfants me faisaient des signes d'au revoir sur le pas de la porte.

Nous arrivâmes bientôt à un manoir victorien qui ressemblait à un énorme gâteau de mariage à trois étages, installé dans un jardin dans lequel il devait être facile de se perdre. La plaque de laiton à la porte indiquait La Clinique du Temple. Nous entrâmes au Rez de Chaussée dans une pièce basse de plafond, plutôt sombre avec une odeur de moisi. Mais les gens y étaient gentils — plutôt trop gentils, si vous voyez ce que je veux dire. Et ils commencèrent à me poser toutes ces questions. Le Dr. Manley parla beaucoup, mais aussi une grande dame mince avec des cheveux très serrés en un petit chignon. Il y avait là aussi un chat très amical, un Manx appelé Douglas qui sauta immédiatement sur mes genoux. Il resta là tout du long, droit comme un i, regardant les gens comme si c'était à lui aussi qu'ils posaient leurs questions, et qu'il connaissait très bien les réponses et ne les laisserait pas s'en tirer comme ça.

Et ils demandaient sans cesse : « Qui êtes-vous ? » et je répétais que j'étais un Prince du Royaume de La Lumière, un habitant du Pays de La Clarté, un voyageur du ciel, un compagnon des anges brillants, et —- oui ! —même un garçon ! enfin, c'était ce que je paraissais maintenant pour eux. La vérité pour eux, mais pas pour moi. Alors je les invitai à venir jusqu'à moi, à un millionième de centimètre de moi, pour voir s'ils pouvaient trouver un garçon. Ou autre chose. Mais personne ne vint.

Ensuite Dr. Manley voulut savoir quel âge j'avais. Je dis : « Oh, au moins un million de millions d'années », et la grande dame me dit d'être sérieux et de ne pas me moquer de mes aînés.

Ensuite , ils restèrent assis en silence, prenant des notes (des livres de notes, je crois) et leurs yeux rivés sur leurs ongles. Pendant ce temps je les observais. ( Ils ne m'avaient presque pas regardé ). Pourquoi étaient-ils si courbés, certains d'entre eux si bossus qu'ils semblaient n'être qu'une tête sans yeux ? Et pourquoi avaient-ils l'air profondément endormis comme s'ils jouaient une sorte de jeu de rêve avec moi ? Le jeu de me dire à moi de me réveiller et me ressaisir et redescendre sur Terre !

Je décidai qu'ils étaient ensorcelés, tombé sous le sort de quelque méchant enchanteur — un sort qui ne leur permettait de voir clairement que ce qui était juste devant eux au bout de leur nez, mais les rendaient aveugles au reste. Ce Magicien les avait transformés en habitants de la Terre Plate, incapables de regarder dans le monde de notre Carte Profonde, le monde vivant, à plusieurs niveaux.

A ce moment la dame au chignon me conduisit dans une cabine et me donna ce qu'elle appelait une consultation médicale. Elle écouta ma respiration avec un petit téléphone, frappa mes genoux avec un marteau en caoutchouc, etc…

A notre retour, on nous offrit du thé et des biscuits de la marque Lotus (plus sucrés que celui que je grignote en ce moment) pendant qu'ils entretenaient une conversation à mi-voix. ils employaient des mots de grandes personnes comme amnésie et psychose pour que je ne puisse comprendre. Mais ils ne pouvaient pas m'avoir ! Je compris qu'il parlait de mon examen médical et que amnésie était le problème avec mes genoux (qui étaient encore un peu tremblants, parce que si neufs) et psychose s'appliquait à ma respiration (qui semblait encore étrange, comme si j'avais besoin de soupirer tout le temps ).

Ensuite ils revinrent vers moi, me demandant d'essayer de me souvenir. Et je ne cessais de dire que je me souvenais de tout très clairement. Je leur décrivis clairement le Pays de La Clarté, et l'Universtoi Vivant, et la Grande Spirale, et l'Ange à l'Auréole. Et surtout mon Ange Qui Rit. Je leur décrivis son intelligence, et comme tous leurs drôles de comportements ici bas contribuaient à lui assurer une vie divine. De sorte qu'en s'occupant de leurs affaires humaines ils assuraient aussi ses affaires angéliques — qu'ils la connaissent et l'aiment ou non. Ensuite je leur racontai comment je l'avais regardée tournoyer dans le ciel, mais maintenant que je suis à l'intérieur d'elle (ou suis elle) je remarque qu'elle est parfaitement immobile et que le Soleil tourne autour d'elle. Ce qui est bien , et suggère qu'elle connait le Secret des Objets Tournoyants. Et montre une fois encore comme les choses sont différentes quand vous entrez en elles et vous y installez.

Cela sembla étonner la dame au chignon qui dit que j'avais certainement dû aller à l'école et apprendre que c'est la Terre qui tourne autour du Soleil. Et elle parla de me faire passer des tests et de m'envoyer peut-être dans une école spéciale.

Pour quelque raison, c'était mon Ange Qui Rit qui semblait les déranger le plus — qu'avaient-ils donc contre elle ? — et ils sortirent dans une antichambre pour parler de cela, me laissant tout seul. Je mangeai encore quelque biscuits Lotus. Puis je découvris une boîte de crayons de couleur et du papier er m'amusai à griffonner. Je dessinai un Bon Magicien avec un trou dans le papier à la place d'une tête, et une très grande lampe électrique — au moins un milliard de bougies — à la place d'un corps. Elle éclaira un sycomore qui dut être redessiné en divers endroits car il ne cessait de se déplacer par simple magie. Et quand ces humains revinrent de leur conférence à voix basses, ils remarquèrent mon dessin et dirent qu'il était excellent, ils le firent passer à tout le monde en me complimentant sur sa beauté. Dr. Manley me demanda ce qu'il signifiait.

Je lui dis que c'était une image-rébus. Il fallait trouver qui était ce Magicien, et où il vivait, et quand le trouver chez lui, et aussi ce qu'il faisait exactement à ce sycomore.

Mais aucun d'entre eux n'avait la moindre idée de réponse. Ils se regardèrent simplement les uns les autres sourcils froncés, secouèrent la tête et marmonnèrent quelque chose sur la paranoïa — un autre mot difficile qu'ils pensaient que je ne comprendrais pas ! Mais je savais que cela vouait dire que j'étais un gosse difficile, un empêcheur de tourner en rond des adultes. Et qui plus est, je m'en fichais éperdument !

Et puis ils répétèrent leurs questions comme s'ils n'avaient pas entendu mes réponses. Et même Dr. Manley semblait en colère, et la grande dame tripotait ses oreilles, et on aurait dit que ses cheveux allaient se dresser sur sa tête. Quelqu'un, ensuite, dit que j'avais perdu contact avec la Réalité. Oui, la Réalité ! Et tout cela dura si longtemps que quelque chose d'affreux commença de se produire. Oh, mon Dieu, étais-je en train d'attraper leur maladie du sommeil ? Je sentais que j'étais en train de m'assoupir, comme si je basculais dans leur rêve, sur le point d'oublier qui j'étais et d'où je venais.

Mais j'eus de la chance. Ils ne savaient pas qu'ils étaient en train de gagner. Ils me dirent que je pouvais aller visiter les lieux. Douglas et moi nous enfuîmes pratiquement en courant de cette pièce.

# CHAPITRE 8 : LA BIBLIOTHÈQUE

Nous nous trouvâmes dans la cuisine, où un gentil vieux bonhomme produisit des sandwiches au jambon et du lait froid. Après quoi la grande dame nous conduisit en-haut dans une grande salle ronde qu'elle nous présenta comme la Bibliothèque et Salle de Jeu et Thérapie — et bien d'autres choses semblait-il. Contrairement à la pièce en-bas, elle était haute de plafond et brillamment éclairée — par un globe central. Il n'y avait aucune fenêtre. Les murs étaient couverts de rayons chargés de livres et de cartes et de diagrammes. Il y avait aussi des maquettes scientifiques et des vitrines avec des papillons et des oiseaux, et un aquarium pour poissons tropicaux avec des poissons vivants dedans, comme des flammes dans l'eau. Et au milieu, un établi avec des râteliers pleins d'outils étincelants. Et elle dit que je pouvais m'amuser à ma guise pendant qu'elle faisait son travail dans son antre — terme tout à fait approprié, pensai-je.

Son bureau était caché derrière un rayon de livres avec des intervalles entre les livres, de sorte qu'elle pouvait garder un oeil sur ce que nous faisions. Et quel oeil ! Un oeil solitaire — tout le temps : ces petits intervalles étaient si étroits. Et elle ne prétendait même pas travailler, car chaque fois que j'avais le courage de regarder, il y avait ce sinistre oeil unique caché entre deux livres, horriblement fixé sur Douglas et moi. Je fis tous mes efforts pour ne pas voir comme il suivait chacun de nos mouvements. Comme j'étais heureux d'avoir ce chat fidèle à côté de moi tout le temps !

Il y avait des centaines et des centaines de livres dont beaucoup, je pense, venaient du gentleman victorien qui avait construit ce Temple. Ils étaient si intéressants que je parvins à ignorer ce regard effrayant pendant un moment.

En particulier, il y avait un volume poussiéreux contenant un dessin représentant un vieux professeur allemand avec le visage d'un enfant en train de regarder innocemment à travers des petites lunettes ovales. Et cela racontait comment il était tombé si malade qu'il avait été obligé de vivre dans une pièce sombre, et ne pouvait presque rien manger jusqu'à ce qu'il fut proche de la mort. Sa maladie avait quelque chose à voir avec son étude ennuyeuse d'un monde sans vie. Et alors, Par un matin radieux il sortit dans le jardin. Et voici ce qu'il dit :

« Il me sembla évident et beau et vrai que cette Terre est un ange, si riche et frais et florissant, qui tourne son visage animé vers le Ciel. Si beau et si vrai que je me suis demandé comment les idées des hommes pouvaient être aussi tordues pour arriver à ne voir la Terre que comme une motte de terre sèche, et à chercher des anges séparés de la Terre et des Etoiles. »

Ainsi échappa-t-il de manière dramatique à cette terrible Nuit pour entrer dans le Monde de la Lumière du Jour, le Monde Vivant. Et après lui vint un poète allemand plus jeune, amoureux passionné des anges, dont le but dans la vie était d'être la Terre, « jusqu'à ce qu'elle disparaisse en lui ». Et il y eut d'autre poètes, y compris un brave Américain sauvage aux cheveux gris, et le fils d'un tailleur Anglais, qui se régalait de mon Ange Rieur. Oh quel bonheur !l Je pouvais supporter cet oeil solitaire exaspérant, occupé à me rendre fou avec une terreur de la folie, en compagnie de tous ces fous

— les fous sains de Humania !

Et Douglas le chat (tu es la santé mentale même — n'est-ce pas ?) partageait mon ravissement. Il y avait une grande sérénité dans ce visage moustachu.

Ensuite nous en arrivâmes aux cartes suspendues tout autour de la pièce circulaire brillamment éclairée, l'étage supérieur de Humania, si différent de la sombre pièce carrée où nous avions passé la longue matinée. Il y avait des photos aériennes, des photos de routes, des photos de routes navales, et beaucoup de photos de mon Ange Qui Rit elle-même. C'étaient des portraits plats, avec ses traits découpés et étirés pour devenir plats. Et bien sûr, sans vie. Il semble que les géographes n'entendent pas sa musique, ses blagues, ses fleurs, ni même ses géographes. Ce qu'ils n'enregistrent pas n'a pas d'importance pour elle ! La vie sur Terre ne peut pas la rendre vivante pas plus que le lichen sur une statue de pierre ne peut la soulever et la faire bouger — ou c'est ce que ces habitants du Pays Plat semblaient dire. Leurs cartes la dépouillant de sa chair vivante ne montrent que ses os. Et grand Dieu ! — là, à côté de ses os il n'y avait rien d'autre que les os de l'un de ces habitants de la Terre Plate, son squelette bien conservé et accroché au plafond, certainement pour éduquer et terrifier les jeunes victoriens. Avec ses mâchoires blanches grimaçantes et ses énormes orbites noires il aurait pu être le Roi de la Mort lui-même, présidant sur ses sujets.

Et ce n'était pas la fin des horreurs de cette pièce. A côté du gentleman pendu, il y avait une représentation grandeur nature de ses entrailles avant qu'elles ne soient sorties du corps — un paysage de boyaux fantastique, effarant à regarder et pourtant moins terrifiant que l'oeil qui regardait à partir du profile ridiculement souriant, au sommet de toute cette anatomie horriblement exposée.

Il m'apparut que ces habitants de la Terre Plate savaient très bien que, si l'on veut s'approcher d'un homme à partir de tout là-haut, là-haut, on arrive d'abord à ce paysage claire vert-brun-gris de trafique et de routes et de villes et campagnes, comme on le voit sur ces immenses photos aériennes. Puis à l'humanité toute nue. Et finalement à ces horribles détails de boucherie, foie etc... Bon, ça c'est ce qu'ils enseignent : ce qu'ils croient est tout à fait différent, car quel habitant de la Terre plate, quel être humain normal qui roule sur l'autoroute à 100 km/h, se voit lui-même comme un géant plus puissant et meurtrier qu'un rhinocéros ? Et quelle hôtesse offrant poliment un dîner chic à ses amis souhaite savoir où la soupe et le poisson vont aller? Ou combien de kilos d'excréments et de litres d'urine ces élégantes dames et ces messieurs très soignés charrient dans son salon impeccable, et soulèvent et reposent sur ses belles chaises recouvertes des plus belles tapisseries ? Ou combien ses plats et boissons préparés avec goût vont se transformer et grossir encore davantage la masse de ces trucs dégoûtants ?

Oui, autour de moi tout le disait : la plus originale et la moins remarquée des inventions est la façon dont les Habitants de la Terre Plate croient et nient la même chose en même temps, comme ils enseignent en détail une histoire aux enfants, alors qu'ils pensent et vivent tout le contraire.

J'en arrivai à la conclusion que Humania fonctionne avec la pensée double, comme ses voitures roulent avec l'essence. J'étais sûr, par exemple, que lorsqu'elle comptait le nombre de ses invités à table, Mme Manley ne s'oublierait jamais elle-même. Cette dame qui ne souriait jamais, n'était pas aveugle et pourtant ne voyait pas ce qu'elle est. Je pariai avec Douglas, que refusant de se voir elle-même de l'extérieur comme quelque chose de solide effroyablement compliqué, et de l'intérieur comme un vide tout aussi effroyable, elle avait choisi un compromis et se voyait vaguement comme emballée dans ( disons) du coton hydrophile. Pauvre Mme Manley, empaillée, comme cette perruche victorienne dans sa vitrine de verre ! De quelle aventure, de quelle merveille vous vous privez par erreur! Mais pas d'erreur pour nous les non-humains ! J'éclatai de rire. Arrêté net par cet oeil vigilant, étincelant derrière le rayon de livres.

Etonnamment, cette Bibliothèque Humaine se révélait comme un Guide et un Musée pour tous les habitants de la Terre Profonde. Par exemple, à côté de l'image horrible de l'intérieur du corps humain il y avait un diagramme de l'ensemble de ses citoyens, les cellules, les innombrables habitants de cette métropole qui jadis marchait, avec toutes leurs nations, leurs tribus et familles, chaque petit personnage doté d'un corps adapté à son travail dans cette invraisemblable cité-sur-jambes, plus peuplée qu'aucune cité Terrestre. Et il y avait l'image du Grand Arbre de Vie lui-même dont les feuilles étaient toutes sortes de bêtes, d'oiseaux, de poissons et de plantes. Et il y avait des spécimens et tableaux des cristaux naturels (pas moins de 6 systèmes et 12 types ), un trésor de joyaux brillants, étincelants, rouges, oranges, verts, bleus et violets. Il y avait aussi des cartes météorologiques de mon Ange, des modèles isobares comme les empreintes d'un pouce géant maculant son visage, des couvertures emboîtées les unes aux autres, chaudes et froides et hérissées d'épines comme des scies à découper ornées de gouttelettes de sang, balafrant sa peau délicate. Et il y avait tout une forêt de billes-molécules disposées en trainées, anneaux, spirales et boîtes, dont beaucoup d'entre eux étiquetés mystérieusement COOH. (était-ce un Cooo ! exprimant leur propre étonnement d'être ?) Et des grappes d'atomes ressemblant à de charmants petits bouquets de pâquerettes, boutons d'or et pissenlit.

Mais ce qui m'a vraiment renversé dans cette étrange bibliothèque, c'était une rangée de foetus humains marinés dans des bocaux, et au-dessus d'eux, des photos agrandies d'embryons, oeufs et spermes humains. Les étiquettes du moins disaient qu'ils étaient humains, mais les créatures elles-même ressemblaient plutôt à des reptiles, des poissons ( avec queues et branchies ), des vers et même plus humble encore que cela. Ce taon qui volait autour de la lampe était un ange du ciel, un génie et un dieu, comparé à n'importe quel humain âgé de moins huit ou neuf mois ! Je n'eus pas le courage de confronter cette dame-au-chignon si hautaine avec son portrait à cet âge tendre; mais je savais très bien ce qu'elle aurait dit : « Et alors ? » L'oeil derrière le rayon de livres portait des oeillères, c'est sûr.

Et pourtant tout ce Musée-Bibliothèque lui hurlait que l'homme n'est pas seulement, ni même surtout un homme. Si ceci était vraiment un Temple (comme l'indiquait sa plaque de laiton à la porte) il était dédié autant aux Petites et Grandes Créatures du monde (des particules aux galaxies) qu'à ces gens de taille moyenne qui s'appelaient eux-mêmes humains. J'étudiai ces êtres non-humains jusqu'à ce qu'ils soient devenus de vieux amis. Ce fut un long travail, mais une fois de plus ma montre me vint en aide et je n'étais pas du tout pressé. Comment cet oeil imperturbable dans son repaire pouvait maintenir sa longue veille reste un mystère pour moi.

Pour me détendre de cette longue veille implacable, je découvris que je pouvais plonger tête la première hors de Humania, dans une goutte d'eau stagnante, grâce au microscope. Je plongeai dans un monde fabuleux dont les habitants ( bien que supérieurs, évidemment, à cette dame de moins neuf mois) étaient aussi inconscients de ma compagnie que l'était cette petite souris-jouet de la patte taquine de Douglas.

Ensuite je tombai sur un livre hollandais profond mais décevant, avec des photos d'une jeune fille prises à toutes les distances possibles, depuis les années lumières jusqu'aux angströms — toutes les distances excepté la plus importante, à savoir zéro millimètre. Le photographe s'était arrêté net après l'histoire extérieure de la jeune fille qu'il définissait comme espace presque vide, et ne lui avait jamais demandé son histoire intérieure, qui (si elle m'avait ressemblé le moins du monde) aurait pu compléter si magnifiquement son propre récit. Apparemment ce qu'elle pouvait être pour elle-même ne l'intéressait pas.

C'était ce manque ahurissant d'intérêt pour le centre de toute l'histoire qui me donna l'idée de fabriquer sur le champ ma maquette de l'Universtoi. En y incluant cette boule de cristal, je voulais montrer l'importance suprême de mon espace au centre de tout le mécanisme. Le Centre qui est tout et rien du tout. Et je voulais dessiner une carte pour tous les habitants de la Terre Profonde qui viendraient après moi. Une carte de l'Universtoi Vivant, qui montre clairement la vie dans le monde qui est la vie du monde.

Finalement je trouvai un établi avec ses étaux, ses tours, ses outils bien proportionnés et faciles à manier, et ses tiroirs pleins de cartons, de couleurs, de stylos et de brosses. Je me mis au travail tout de suite, et voici, vous pouvez voir vous-même ce que j'ai fait. Les images de l'Arche Basse que vous voyez ici sont venues d'une façon bizarre. Évidemment, je les ai tirées des cartes et modèles tout autour. Mais elles se sont aussi développées en aperçus du voyage que je devais encore faire jusqu'au Centre du monde. En me donnant l'heure du futur, ma montre me donnait des indications sur les choses à venir, et ainsi cette Carte Profonde que je construisis à la fin de cette très longue journée en Humania se révéla comme une sorte de prophétie.

Quand j'eus terminé le travail, je me sentis aussi heureux que lorsque j'avais navigué autour de mon Ange Qui Rit. Comme cette Arche Moyenne était devenue riche et profonde après tout ! Vive Humania !.... si vous êtes capable de voir à travers son jeu transparent du faire-semblant. Un Si avec un S majuscule ! De toute façon, voici un joyau brillant, à multiples facettes, animé par des reflets incessants venant de tous les niveaux. Bon, cette fantastique salle circulaire dans l'Humania profonde était déjà une maquette du Monde Profond, nécessitant simplement une certaine mise en ordre, comme j'ai essayé de le faire dans cette chose qui est là, sur la table entre nous.

Et ainsi, je décidai de m'en tenir là, et me reposai. Assis à côté de l'établi, je contemplai le petit monde que j'avais créé — et vis que c'était bien.

# CHAPITRE 9 : L'OBSERVATOIRE

Alors, me voyant finalement oisif, la propriétaire de cet oeil funeste émergea de son antre dans la lumière, avec deux yeux. Une sorte de sourire crispé aux lèvres, elle examina soigneusement ma maquette, s'extasiant sur sa beauté, mon talent de peintre et mon adresse dans l'art de rassembler l'ensemble. Que ça l'intéressât ou non, je l'informai que c'était un vrai, très, très vrai portrait de moi tout entier, de Moi ! Et peut-être un portrait d'elle aussi! D'autres portraits sont incomplets. Mais elle pinça ses lèvres déjà très serrées, et je vis que mon explication n'était qu'une preuve de plus que j'étais malade, et maintenant elle était vraiment inquiète. Il y avait quelque chose de terriblement détraqué en moi, que je serais le dernier à voir. Le message était d'autant plus clair qu'il n'était pas formulé

Ce dont j'avais besoin, dit-elle, c'était de « me calmer et rester tranquille, me reposer et bien dormir », en espérant que je me sentirais mieux le lendemain matin. Elle me fit monter un escalier en spirale, jusqu'à la pièce au-dessus, le troisième et dernier étage de cette structure bizarre Humania. Elle était de nouveau parfaitement circulaire, mais aussi claire avec ses nombreuses fenêtres, que la bibliothèque en-dessous était sombre, sans aucune fenêtre. Il y avait même une lucarne en forme de dôme, où les étoiles brillaient déjà dans un ciel de velours noir. Elle dit que cet endroit était jadis destiné à l'observation des étoiles, mais à la place du télescope il y avait mon petit lit de camp installé au centre pour la nuit.

Elle descendit cet escalier en spirale, tout en bas, tout en bas, tout en bas — je ne saurais dire jusqu'où. Je me mis au lit, avec ma maquette Universtoi sur la table à côté de moi et une pile de livres que j'avais apportés d'en-bas — entre autres Homère, Dante, Bunyan et Alice. Et Douglas lui-même était là, pelotonné autour de l'Universtoi comme son dragon-gardien, ronronnant doucement …tout en bâillant, bâillant, bâillant.

Un rayon brillant de lumière d'étoiles tomba sur la boule de cristal au centre jusqu'à ce qu'elle darde du feu bleu. Ensuite — les vents assourdis par la neige, une musique lointaine incroyablement tendre, la neige la neige la neige, étincelante à la lumière des étoiles, jusqu'à la forêt sombre. Etait-ce encore un hurlement de loup au loin ? Il faisait si bon et si chaud entre mes draps neigeux, pourtant c'était comme si j'étais étendu en plein air, au centre clair de cet immense champ d'étoiles-champ de neige.

Un feu qui montait jusqu'aux étoiles brûlait là sur la neige, éclatant, resplendissant, mille fois plus brillant que celui-ci, et ce qui brûlait c'étaient tous ces cahiers — par douzaines et par centaines — que le Dr. Manley et les autres avaient jetés toute la matinée. Et l'éclat de ce feu devint un immense éclat de rire.

Ensuite tout disparut soudain, et je me retrouvai sous ce dôme de verre, pensant à ce qu'il y avait en-dessous de moi, les malheurs et la folie du rez-de-chaussée, et aussi la joie de découvrir des amis qui comprenaient. Et maintenant, silence ! , ce véritable Observatoire, ce Poste de Guet, avec sa joie au-delà de toute description ! Même en Humania ! Même avec cet horrible oeil tapi quelque part dans les ténèbres insondables là-en-dessous.

Et le matin — comme c'était étrange ! — tous les flocons de neige avaient fondu et la forêt était devenue vert clair et arrivait tout près, et il y avait des parterres de fleurs et des papillons.

Elle arriva à ce moment-là et demanda, exactement comme l'avait fait Mme Manley, si je me sentais mieux maintenant et si j'avais dormi. Je répondis que la nuit avait été un véritable festival de neige, d'étoiles, de feu et de musique. Mais dormir ? — qu'est-ce que cela ?

Elle me regarda fixement et ses cheveux se dressèrent sur sa tête. Mais elle réussit à me préparer du café et des toasts, et ensuite me laissa sortir, seul, pour me promener dans le jardin.

# CHAPITRE 10 : LE JARDIN

Dehors, en plein air, je me retournai pour regarder ce remarquable spécimen de pâtisserie architecturale, le Temple d'Humania à trois étages. J'avais passé toute la matinée d'hier dans cette Clinique étroite du rez-de-chaussée, au plafond bas, carrée, humide et froide, où personne n'écoutait. Comme elle avait été différente cette longue, longue après-midi là-haut, dans cette Bibliothèque de forme ronde, au plafond haut, et lumineuse, mais aux volets bien fermés, où tant de vieux amis m'attendaient ! Et quelle nuit j'avais passée encore plus haut, dans cet Observatoire illuminé par les étoiles, au sommet du monde, avec Humania sous la neige en-dessous !

Mais c'était maintenant le matin suivant. La dame au chignon m'avait fait descendre d'un coup, esprit et corps — en-bas dans ce qu'ils appellent terre, les deux pieds sur le sol. Deux pieds réticents. Ulysséen, le Prince en exile se plaignait de son sort.

Mais le sol était vert et doux sous les pieds et un merle chantait. Je me baladai dans ce jardin mystérieux et apparemment sans limites, avec ses allées sinueuses qui ne menaient nulle part, ses endroits secrets, ses pelouses inattendues, ses sombres et épais buissons et, ça et là, des statues d'êtres humains. Je me trouvai devant la statue couverte de lichen d'un garçon. Il ressemblait au jeune David, là, sur le dessus de la cheminée.

Etais-je en train de tomber dans leur rêve et de devenir comme cet objet solide, aux contours bien précis, juste un de plus ? Ou étais-je encore immense et ouvert et clair comme l'air étincelant de cette matinée, résonnant des chants d'oiseaux ? Oui, bien sûr, je l'étais ! Il me suffisait de regarder et d'écouter.

Je m'assis dans l'herbe à côté d'un sentier de gravier, et ramassai une poignée de petits cailloux. Entre tous, je choisis un petit brun avec une tache jaune et une touche de violet — jamais vu auparavant, carrément perdu dans mon monde. Mais maintenant son centre même, le pivot de tout le cosmos ! Je vis, j'entendis, je sentis les vents et les marées, les vagues et les océans et les glaces flottantes qui avaient travaillé depuis un milliard d'années pour façonner cette précieuse créature juste pour moi, et l'avaient placé ici indemne en ce moment précis, pour que je lui donne ses titres de noblesse.... Mais si brièvement ! Soudain je le jetai au loin, très loin, pour ne plus jamais le revoir ! Aboli pour toujours !

Quel Prince avait le pouvoir d'accorder et de retirer les honneurs les plus élevés comme celui-ci, sur un simple caprice ? Un Prince dont les amis, les enfants lui avaient été enlevés ? Un Prince dont les ennemis pensent qu'il vit dans un monde irréel, un monde à lui ? Un Prince si désorienté qu'il est incapable de distinguer une chose vivante d'une chose morte ?

Je me relevai lentement et poursuivis mon exploration du jardin. Et tombai immédiatement sur un carré d'herbe non fauchée où je vis soudain — qu'est-ce que cela pouvait bien être ? Eh bien c'était une minuscule étoile d'or, un soleil, luisant dans la lumière du soleil, me regardant depuis ce monde vert !

Et à ce moment un monstre à deux yeux — rien que couteaux tournoyants, cliquetis et puanteur — se mit à charger tout autour, ouvrant sa cruelle piste. Et coupant — oh non ! — coupant la belle tête de mon pissenlit . Je la ramassai et la tins dans ma main — cette minuscule tête dorée aux multiple rayons, ce précieux membre de mon étoile en fleur.

Et puis cette voix, juste derrière moi :

Mr. Nicholas : ne pleure pas, mon petit. Je sais ce que tu ressens.

Je me retournai brusquement. Il était là, assis dans l'herbe les genoux dans ses bras — un vieux monsieur très grand, dans un long manteau de peau de mouton. Il semblait en savoir long sur moi.

Mr. Nicholas : Oui, je sais tout de votre Universtoi vivant, et votre Ange qui rit, chante et fleurit. Et votre voyage, votre magie, votre pouvoir royal et votre quête. Et je sais qu'ils n'en croient pas un mot, ces … ces anciens là-dedans. Oh, je me présente. Je suis Mr. Nicholas, entièrement à votre service. Venez vous asseoir près de moi. Voulez-vous que je vous dise ce qu'ils préparent maintenant ? Ils prévoient de vous donner des pilules et des électrochocs pour vous faire vous souvenir de qui vous êtes. Mais nous savons (n'est-ce pas ?) que c'est pour vous faire oublier qui vous êtes, et devenir l'un d'entre eux, et plus du tout un Prince.

Je le laissai continuer, il semblait si amical, et à ce moment là j'avais besoin d'un soutien d'où qu'il vienne.

Mr. Nicholas : J'ai trouvé ! Je vais vous sauver ! J'expliquerai que vous êtes mon petit-fils, et vous direz que je suis votre cher vieux grand-père, que cela vous revient maintenant. Nous serons sortis d'ici en moins de rien, vous verrez.

Ulysséen: Vous plaisantez. Vous n'êtes pas mon grand-père.

Mr. Nicholas : Bravo, Prince Ulysséen ! Je savais que vous diriez cela ! Je vous testais simplement. Maintenant j'ai un plan bien meilleur, et cette fois c'est pour de vrai. Écoutez bien ! Votre magie, vos miracles, toutes ces merveilleuse choses que vous faisiez dans le Zoo, et bien d'autres encore — eh bien vous êtes le seul vraiment capable de faire toutes ces choses fabuleuses. Vous pouvez vous glisser hors d'ici aussi habilement que vous vous êtes glissé hors de … hors de ce Trou Noir du vieux quel-est son-nom? Vous êtes un grand Magicien, un super Magicien! Vous pouvez faire en sorte que les gens vous suivent. Vous pouvez utiliser vos pouvoirs pour le bien du monde — avec mon aide en tant que votre Administrateur, évidemment, et tant que nous gardons notre secret pour nous-mêmes. C'est bon, alors. Marché conclu!

Ulysséen: Mais c'est stupide! C'est impossible! Tout le monde peut accomplir cette magie. Même les grandes personnes — je pense. C'est simplement qu'elles ont été ensorcelées par quelque Sorcier qui leur fait croire qu'elles n'en sont pas capables. Je voudrais bien lui dire son fait! Il les a aveuglés. Voulez-vous que je les aveugle encore davantage?

Mr. Nicholas: Ah, de mieux en mieux! Vous passez mon test chaque fois! Mais maintenant je vais être très sérieux et au niveau. Écoutez. Vous êtes venu de loin jusqu'ici et avez affronté beaucoup de dangers. Et vous avez atteint votre but finalement. Oh, je sais, ça n'en a pas l'air, après l'interrogatoire qu'ils vous on fait subir là-bas hier, mais patience! Avec mon appui, eh bien le monde est à vos pieds. Humania est votre scène. Vous avez trouvé la Chanteuse, entendu son Chant clairement. Alors maintenant quoi ? Je vais vous dire quoi!

Ulysséen: Mais est-ce la fin de mon voyage, de ma quête ? Je ne comprends pas encore très bien le Chant. Qui l'a écrit? Certainement pas Alicia. Je suppose que c'est elle, en fait, la Chanteuse. Mais …. Mais Je ne peux pas expliquer. Bien sûr le Chant sortait de sa bouche. Mais qu'y a-t-il derrière cela ??

Comme j'avançai en trébuchant, je fus inquiet de voir le visage du vieux monsieur s'allonger, devenir plus gris, plus vieux et ses yeux de plus en plus grands…. et plus brillants ? Et je vis que je lui ferais énormément de peine. Il semblait qu'il allait être malade. Mais au bout d'un moment, il se remit.. Et alors il sembla avoir une soudaine inspiration. Il commença à fouiller frénétiquement la poche de son énorme manteau de peau de mouton. Et immédiatement produisit un objet rond qui ressemblait à une tabatière en or. Son couvercle à ressort s'ouvrît, et à l'intérieur, niché sur un lit de soie blanche, ce bijou éblouissant ! Il le sortit et le tint dans la paume de sa main tremblante aux longs doigts pour me le montrer. Nous regardâmes, sans broncher. Et quand finalement il parla ce fut d'une voix étouffée mais pressante.

Mr. Nicholas: C'est l'Opale Noire! Votre joyau! Le Vôtre! Je regardai et regardai. Le soleil du matin y mettait le feu. Elle avait exactement la taille et la forme de ce cristal clair au centre de notre Carte Profonde. Mais elle avait tout — tout ! — ce qui manquait à ce bijou ordinaire. A l'intérieur, juste en-`dessous de la surface arrondie brillante, et pourtant projetant des éclairs de lumière loin au-delà du bijou lui-même, il y avait un petit monde de surfaces éblouissantes — flocons et flammes de couleur rouge, émeraude, jaune citron, violet, bleu-ciel et violet — toutes les nuances et toutes les formes que vous pouvez imaginer étaient là, et toutes sans cesse en mouvement … sincèrement je n'avais jamais vu quelque chose d'aussi beau. Non, ni mon Ange Qui Rit, ni Alicia. J'étais transporté, éberlué, réduit au silence.

Le vieux monsieur avait raison d'être enchanté cette fois. Il porta ce bijou à mon oreille. Je le sentis vraiment me toucher! Et j'entendis une douce berceuse … qui n'en finissait pas.

Mais ensuite, j'entendis, d'abord très faible puis de plus en plus fort, cette autre musique, Le Chant. Ces deux thèmes si différents semblaient être en guerre.

Alicia: Ha, ha ha — Si seulement il savait !

Je suis le SILENCE d'où proviennent les sons,

La semence muette qui les produit.

Vous ne me croyez pas ?

Mais apparemment Mr. Nicholas n'entendit rien et poursuivit, haletant:

Mr. Nicholas: Avec ce trésor autour du cou, — votre talisman secret, votre porte-bonheur, votre bijou précieux qui fait se réaliser les rêves — vous ne serez plus jamais triste, ni pauvre, ni vaincu, jamais déprimé. Rien ne vous abattra plus. Vous dominerez toutes les situations, vous dominerez le monde  Avec mon Opale Noire, Ulysséen sera Quelqu'un, le Gagnant, s'élevant de plus en plus jusqu'à se trouver au sommet de La Plus Haute Arche. Il sera bien au-dessus de ce misérable Royaume du Milieu. En quoi Humania est-elle si grande de toute façon ? Il sera super-humain !

Mais sans mon Opale Noire, Ulysséen ne sera personne, rien, le perdant, tombant de plus en plus bas jusqu'au plus bas de l'Arche Inférieure. Terminé! Attention Ulysséen ! Je vous préviens !

Je l'entendis à peine. Ce bijou était si stupéfiant que je n'avais pas besoin de ses efforts de persuasion. Ma main commença à se tendre.

Mr. Nicholas : Votre bijou très personnel trois fois magique ! Le trésor qui n'est jamais immobile, jamais vide, jamais silencieux.

Ma main toucha vraiment ce trésor époustouflant quand je me retirai, car cet autre message arrivait de plus en pus fort :

Alicia : Si seulement il savait !

Je suis l'IMMOBILITE qui fait tourner le monde.

Je suis la LUMIERE qui révèle les visages.

Je suis LE SILENCE qui engendre les sons.

Et je ne pouvais rien entendre d'autre. Je repoussai son bijou. Et maintenant enfin, même lui entendit CE Chant. Mon Chant.

Aussi terrifié par lui que je fusse, j'avais encore plus peur de faire face à la terrible vérité de qui il était, peur de le regarder carrément. Il se dressa jusqu'à effacer le ciel. Il s'accroupit au-dessus de moi. Et je refusai encore de l'affronter. Pourtant je savais que son visage devenait pointu et poilu, et que ces lèvres se retroussaient et révélaient des crocs énormes et longs. Paralysé d'horreur, j'étais cloué sur place.

Finalement quelque chose céda, et je trouvai la force de me retourner et de courir, fuir loin de lui, de son haleine immonde derrière moi, et de son terrible galop. Je courais pour ma vie vers Alicia. Car elle était là, dans le jardin, toujours en train de chanter. Et le monstre semblait gagner du terrain sur moi, et....

# CHAPITRE 11 : GNOMANIA

Mais je réussis à m'échapper… il me perdit de nouveau, ce monstre!
Mais moi je perdis Alicia. Je lui avais échappé juste à temps, par … la
magie de l'espace. Voyez-vous, je me précipitai vers elle qui était là,
en train de chanter dans le jardin. Et tout comme mes Anges, plus je
m'approchai plus elle grossissait — et moins elle ressemblait à Alicia.
Elle grossit et grossit jusqu'à remplir le ciel, explosant et débordant
de ses limites, et disparut. Il ne resta que de vagues traces, gris-rose,
fuyant au loin — un peu comme les fragments flottants de ces corps
célestes qui avaient explosé.

Je me retrouvai dans un nouveau pays étrange. Je ne peux pas vous
dire grand chose à son sujet, parce que la lumière était si sombre et
tout était tellement entassé. C'était comme être coincé dans un métro
à l'heure de pointe — un train sans lumières, et même plus chaud
et moite et étouffant. Et, de plus, cahoteux, comme si tout le monde
essayait d'entrer ou sortir du train tout à coup. Je commençai à me
demander si ce Loup Garou avait commencé à exécuter sa menace. Il
me 'faisait descendre' — tout en bas jusqu'au pétale 6 de notre Carte
Profonde pour commencer, ou le pétale 1 de son Arche Inférieure.
Je commençais à comprendre ce qu'il voulait.

Alors une voix s'éleva de quelque part dans cette obscure
confusion :

« Laissez-moi me présenter. Je suis l'Agent de Police Luke — Luke
O'Cyte. Et à quoi suis-je en train de parler, je me le demande? Quelle
sorte de gnome avons-nous ici? »

Je regardai tout autour de moi pour voir l'auteur de ces paroles, et découvris une vague forme, désagréablement serrée contre moi. Ce que je pouvais discerner dans cette confusion bruyante ressemblait à un coureur dans un sac avec le sac tiré sur sa tête, ou bien un poulpe, d'un blanc pâle. Il y a une image de lui sur l'extérieur du pétale 6.

Il semblait que nous soyons coincés là indéfiniment, et comme il n'y avait rien de mieux à faire, j'essayai de lui dire ce que j'étais, et aussi (au cas où ça l'intéresserait) qui j'étais, et d'où je venais, et que je cherchais une certaine Chanteuse (il semblait que ma recherche ne soit pas terminée finalement) — et peut-être pourrait-il m'aider à trouver cette Chanteuse. Et je finis par lui parler d'Alicia, et quelle surprise ce fut de découvrir une telle scène — ses oeuvres, ses intérieurs, son explosion. Son portrait vu de très près.

Mon histoire semblait l'intéresser de plus en plus — surtout ce qui concernait Alicia: je pouvais sentir qu'il tremblait de partout, et il commença à m'aiguillonner avec quelques-unes de ses tentacules. Alors j'arrêtai. Et quand il fut un peu remis il commença à marmonner pour lui-même, et produisit un petit carnet et un crayon et se mit à griffonner dessus.

« Ooooo il faut que je note cela. Comment ce gnome — ce non-gnome — épèle-t-il Al-icia ? Superstition païenne. Accusation capitale. Tout ce qu'il dit sera enregistré et utilisé comme preuve contre lui. »

Il continua à marmonner et écrire à toute vitesse, remplissant des pages et des pages — comment?... dans cette cohue, dans tout ce vacarme, et avec ces minables semblants de mains ... je ne sais pas.

C'est alors que je fus étonné d'entendre, par delà le tumulte, de la musique! Cela ressemblait à du chant. Serait-ce possible ? oui — de faibles bribes de la Chanson elle-même! Mais le Policier ne le remarquait pas. Il restait simplement là à marmonner pour lui-même, et à écrire plus vivement que jamais. Je lui demandai ce qu'était ce chant.

« Chant? Cela doit vouloir dire ces vieux vocognomes. Il y en a quelques uns — des paquets — sur le quai. »

Tout ce que je pouvais voir, c'étaient d'énormes tas de quelque chose ressemblant à des cordes. Je lui demandai comment ces choses pouvaient chanter sans bouche? Il dit quelque chose que je n'ai pas compris à propos du vent qui sifflait — et des courants d'air qu'il y avait dans cette partie du Métro. Puis, nous nous remîmes en route, et il commença à me poser des questions sur Alicia, et j'essayai par tous les moyens d'expliquer, et il ne cessait d'écrire. N'arriverions-nous jamais nulle part ?

Mais soudain il me saisit et hurla que nous devions descendre là. Et nous nous retrouvâmes sur le quai. Mais il s'accrochait encore à moi et il était vraiment très fort — il en avait des muscles, dans ce sac !!

Et alors, l'enfer se déchaina. Il y eut un énorme soulèvement, comme si un tremblement de terre avait précipité tout le Métro dans un chaos total et la nuit presque noire ; nous étions tous ballottés, et je fus à moitié étouffé et cogné de partout. Et le Policier me collait toujours après.

Quand la poussière fut retombée et que les gnomes projetés et culbutés pêle-mêle eurent retrouvé un peu leur équilibre, j'entendis l'un d'entre eux près de moi dire sur un ton très mécontent :

« Encore de l'agitation industrielle! Ils vont causer notre ruine à tous. En prenant la communauté en otage. En tirant dans toutes les directions. Oh mon Dieu, Oh mon Dieu! Non, je ne suis pas mécontent. Au contraire, je suis très calme. Ce sont tous les autres qui sont mécontents. Où va le monde ? »

Le peu que je voyais de ce pauvre vieux me rappela une vieille araignée desséchée, s'agitant au milieu d'une toile immense s'étendant à l'infini dans toutes les directions. Mais le Agent Luke lui parla avec respect:

« Mr. Neurognome, que pense votre Honneur de ceci ? Regardez ce que j'ai arrêté. Il délire au sujet d'une déesse-ange — qu'il appelle Al-icia — qui vit là-haut dans le ciel et qui fait tourner le monde. Il dit que tous ces bouleversements et troubles de la paix se produisent simplement lorsqu'elle remue les lèvres ou racle sa gorge. En tant que Juge de Paix, votre honneur le déclare-t-il coupable ? »

« Jugé et déclaré coupable d'anti-gnomerie, anti-gnomianisme, anti-gnomesens, anti-tout. Sentence : enfermez-le dans l'une de vos cellules au commissariat, avalez-le, et oubliez-le. Vite, Agent, avant qu'il commence à parler aux jeunes gnomes impressionnables et les faire délirer aussi. »

Le Agent Luke n'était pas si pressé :

« Tout à l'heure, votre honneur. Mes frères Mathieu, Marc, Jean et moi-même allons nous partager la tâche. Ils vont arriver bientôt. Vous savez, votre honneur, ceci me rappelle un gastrognome que j'ai arrêté une fois, lorsque j'étais en service outre-mer. Il m'arriva de l'entendre prier - et maudire - cette même déesse Al-icia. Il marmonnait pour lui-même : ' Quelle emmerdeuse! Quel manuel de santé est-elle en train de lire maintenant? All-Bran pendant six jours au petit-déjeuner, et ni bacon ni oeufs ?' Oui, il avait lui-même le goût de All-Bran quand je l'ai avalé. J'espère que celui-ci aura meilleur goût.»

L'Agent de Police fit une pause pour évaluer son prochain repas - moi. Puis il poursuivit:

« Et maintenant en voilà un autre. Ces gnomes cancer doivent être supprimés avant qu'ils ne commencent à se multiplier et prennent le pouvoir. J'essayai d'expliquer à ce vieux gastrognome que j'étais un gnomade, voyageant à travers le Gnomunivers (même au-`delà des lointains Ilots de Langerhans), et que je n'avais jamais rencontré que des gnomes, dans leurs tribus et nations, chaque gnome s'occupant de ses propres affaires de gnome. Et pourquoi? Parce que c'est ce qui l'intéresse. Téléphoner longue distance, par exemple (comme votre honneur), ou jouer à la lutte-à-la-corde, ou manger par tous les temps sans se plaindre, comme aurait dû le faire ce gastronome criminel , ou... «

Le Agent Luke semblait si passionné par les merveilles de Gnomania que je décidai de le prendre par surprise. Je me dégageai soudain de son emprise. Mais avant que je puisse m'enfuir (vers où? c'était le problème dans cette brume crépusculaire) il m'avait rattrapé, et me tenait plus fermement que jamais. Il continua comme si rien ne s'était passé:

« Tous occupés à leurs affaires de gnomes: les minuscules, et les moyens comme moi, et les énormes et splendides comme votre honneur; ceux qui ne vivent que deux ou trois jours, jusqu'à ceux qui sont pratiquement immortels comme vous, encore, votre honneur; ceux qui sont assis tranquillement chez eux, et ceux, comme moi, qui bravent les terreurs du monde gnome, pour attraper les intrus et basilics cancéreux — comme ce criminel ici qui essaie sans cesse de m'échapper. Je le demande : qu'est-ce que son Al-icia céleste a à faire ici ? Que fait-elle ? Quelle différence apporte-t-elle à Gnomania ? Pour parler de superstition — ceci est de la super-duper-stition. »

Il s'arrêta pour reprendre son souffle, me donna un méchant coup de tentacule, et conclut, sur un ton de voix religieux, par une série de Blablabla Gnomiques :

« La Sagesse Gnomique, la Fleur de la Création, l'Origine du Monde, le Sommet, le Meilleur, le Seul. »

S'ensuivit une longue pause respectueuse en l'honneur de la Gnomosagesse. Pause que je rompis en demandant, nerveusement, d'où venaient les All-Bran et le bacon et les oeufs, si ce n'était d'Alicia. A partir de là, Mr. Neuro entreprit la tache difficile de mon éducation.

« Avez-vous entendu cela, Agent? Il prétend ne pas savoir ce que chaque écolier gnome sait — que le bacon et les oeufs sont le temps, le climat. Que cette année les chutes d'oeufs ont été désastreusement faibles. Que d'autre part, hélas, il a plu à verse des tartes à la confiture et des hotdogs, tous les jours, avec de fréquentes averses de limonade et des orages de bière. (pas moins de vingt centimètres de bière cette saison par rapport aux neuf normaux.) Que  les barres de glace sont tombées beaucoup trop souvent — avec pour résultat : vent, et occasionnellement des renvois-de-nuages et des gargouillements d'estomac. La situation est critique. Mais pourquoi me donner la peine de lui enseigner tout cela ? Il va être gnomiculé — soit pour prétendre ne pas être un gnome, soit pour ne pas en être un, soit pour poser des questions qui ne sont pas celles d'un gnome — peu m'importe pour quoi. Dépêche toi et exécute ma sentence, Agent. »

« Tout de suite Sir Neuro. Ce que je veux savoir, c'est où a-t-il passé sa vie? N'a-t-il jamais expérimenté le mauvais temps, ou remarqué la différence entre un ciel pommelé et un brouillard soupe-de-pois ? N'a-t-il jamais entendu le Bureau de la Météorologie donner une Prévision Petit Déjeuner, ou un long rapport Déjeuner ?

« A propos de déjeuner, auriez-vous la bonté de faire quelque chose pour nous les policiers qui travaillons dur ? Racontez à ce prisonnier dégradé votre  célèbre histoire du commencement du monde. Enseignez-lui un peu d'Histoire. Instruisez-le, divertissez-le, détachez son esprit de la casserole, et peut-être réussirez-vous à l'attendrir. Pour qu'ils aient leur meilleur goût possible, il faut que ces non-gnomes soient joyeux au moment où ils sont tués. »

Eh bien, j'avertis ce misérable vieux Neurognome que sa leçon d'histoire me donnerait probablement un goût très amer (j'espérais empoisonner le Agent), mais il poursuivit, imperturbable, d'un ton ennuyeux de  professeur d'histoire :

« Au Commencement il y avait le Paradis. Et dans ce Paradis de Gnomes vivait la Princesse Eve, la grande Ovognome. Elle était ronde et grosse et belle au-delà de toute description. Et elle fut offerte en cadeau gnomique sacré à celui de ses innombrables prétendants qui se révélerait le plus digne. Le grand jour, le jour heureux de la décision, il fut organisé une Olympiade de Natation. Il n'y eut pas moins de 300 millions de concurrents. Et le gagnant reçut non seulement une médaille d'Or, mais le monde. Il les battit tous — se révélant le plus rapide, le plus fort et le plus brillant des nageurs de cette immense compétition historique. Il n'était nul autre que le Prince Adam lui-même, le Grand Spermognome, avec sa tête bien proportionnée et sa queue longue, brillante, qui fouette l'air vigoureusement. Et bien sûr, il était notre père à tous. Excepté celui d'un germe malade occasionnel comme celui-ci, ici. Comment ces horreurs rampent-elles hors des ténèbres reste un mystère ».

Je fis une autre brusque tentative d'évasion. Cette fois je réussis, et entrai dans une sorte de tunnel. Mais le Agent Luke connaissait bien son chemin à travers cette obscure lande à lapins, et je fus ramené directement à cette leçon d'histoire:

« Comme je le disais quand je fus grossièrement interrompu, Adam gagna son Eve. L'heureux couple, ne faisant plus qu'un, se multiplia pour remplir tout le Gnomivers, le Gnomos. Ce fut l'Age d'Or. Car au début, leurs enfants étaient tous heureux, bons obéissants, paisibles, se comprenaient les uns les autres, et observaient tous les règles du bon comportement. Mais à mesure qu'ils continuaient à se multiplier, toutes sortes de différences commencèrent à apparaitre entre eux. Oh mon Dieu, mon Dieu ! Ils prirent de mauvaises habitudes, adoptèrent des modes de vie modernes, organisèrent ces horribles syndicats, avec leur luttes pour les emplois et leurs incessantes chamailleries.

Ils commencèrent même à utiliser des langages différents. La crise culmina lorsqu'ils essayèrent tous de construire la Grande Abbaye Gnomique de Buckminster, qui aboutit à la confusion totale et Babel. Après Babel, tout s'écroula lentement. Plus du tout d'unité-gnome. Tout alla de mal en pire. Oh mon Dieu, mon Dieu ! »

« Bon, » ajouta le Agent, « j'espère que cela a égayé notre menu et lui donnera meilleur goût ».

Et enfin, ses trois frères se glissèrent dans la scène, et tous les quatre foncèrent sur moi, Oh si fermement et implacablement, transformant leurs carcasses tremblantes en d'immenses bouches béantes, affamées. C'était horrible, terrifiant …

Mais au dernier moment j'eus une inspiration.

# CHAPITRE 12 : GOBLINKA

Vous vous souviendrez comment, dans le Jardin, j'ai échappé à mon Ennemi en m'enfuyant en courant. J'ai refusé de lui faire face. Mais je fis face à cette bande de leucognomes venant en sens inverse. J'en choisis un et fonçai sur lui tel un taureau en furie. C'est la méthode magique du cafard rusé qui échappa à son ennemie la tortue en fonçant sur la créature et prenant refuge à l'intérieur-même de sa coquille. Il vécut là avec bonheur jusqu'à la fin de sa vie, se nourrissant des miettes recrachées par la tortue.

C'est ainsi que je quittai Gnomania, avec gratitude. Mais je n'avais évité un danger mortel que pour tomber dans une misère guère meilleure que celle d'être coupé en morceaux et mâché par l'agent de police gnomique. Si ce n'était pas dans leur casserole que je me retrouvais, cela ressemblait du moins à un mixeur de cuisine réglé à la vitesse supérieure. Ma première impression de ce nouveau pays fut celle d'une agitation extrême, comme des secousses physiques ébranlant le monde entier et surtout moi, sans arrêt. J'étais déjà épuisé. Cet endroit ne valait pas mieux que Gnomania !

Ma seconde impression fut un peu plus agréable. A Gnomania, il n'y avait pas d'espace, pas même une coudée, et vous ne pouviez jamais voir beaucoup plus loin que votre coude, ou tentacule. Très serré et très étouffant, aussi. Mais ici (nous sommes maintenant sur le pétale 7 de la Carte Profonde ) c'était juste le contraire — un espace infini, pavé dans toutes les directions jusqu'à l'horizon lointain mais clair, en béton, parfaitement plat, décoré avec des lignes blanches formant de grands carrés, et des rectangles et des modèles à multiples côtés et d'autres arrondis. Et au-dessus de tout cela, un ciel froid, sans nuages, balayé par le vent, blanc et très haut. Cette fois aucune chance de se sentir enfermé. On se sentait perdu dans cette étendue déserte, inamicale. Pas un endroit très chaleureux !

Cependant, L'Espace immense n'était en aucune façon vide. Plein — beaucoup trop plein, en réalité. Partout, jusqu'à l'horizon, des exercices militaires, défilés dans un sens et dans l'autre dans toutes les directions à toutes les vitesses et dans toutes les formations imaginables — mobiles, tanks, toutes sortes mélangées, marquant le pas, faisant demi-tour — jusqu'aux fanfares, cornemuses, tambours et fifres, timbales, ensemble de grosses caisses. Et partout un tourbillon de fanions, drapeaux, enseignes, bannières, claquant et craquant comme des coups de pistolets dans le vent déchainé. Et des salves de coups de fusil, des éclats de mitrailleuses — et aussi de grosses détonations. Quant aux troupes, il y avait des divisions, des armées, des brigades, des compagnies et des sections par millions, tous vêtus de longs uniformes boutonnés jusqu'au menton, qui les rendaient presque invisibles. Ils me rappelaient ces soldats de plomb que l'on peut acheter pour jouer, raides et brillants. Et me voici au milieu — l'un d'entre eux ! Une minuscule dent dans ce grand engrenage militaire, grinçant, tourbillonnant et claquant des talons automatiquement, comme une sorte d'horlogerie monstrueuse. Et toutes mes compagnes dents - les troupes -étaient parfaitement entrainées : elles obéissaient au déluge d'ordres aboyés sur eux par les Agents (moustaches frétillantes dépassant des encolures de leurs capotes à boutons de cuivre archi-médaillées) —, leur obéissaient immédiatement et parfaitement. Tous, sauf moi — le soldat Ulysséen. J'étais à nouveau en `plein problèmes. Pour moi c'était un cauchemar — un cauchemar en plein jour — cet immense tatouage sur le morne terrain de manoeuvres qu'est Goblinka. Comme je me suis démené pour exécuter les ordres aboyés sur moi furieusement, incessamment !

« Gâche, drete, gâche, drete, gâche drete, tourne gauche Affreux lutin, plus vite, espèce d'idiot, en avant marche, drete, gache, plus vite... je te ferai passer en cour martiale, toi l'horrible nain, pour désobéissance aux ordres ... diable, qu'est ce que tu crois être entrain de faire? »

Et ainsi de suite, de pis en pis. Et le pire, c'était que mes camarades lutins — jamais en retard sur les autres, toujours bien en cadence — me faisaient remarquer. Alors ce ne fut pas une grande surprise d'entendre quelqu'un dire :

« J'ai bien peur que ce vieux croquemitaine de Agent Noir te vise toi, mon vieux. »

Il me sembla que l'auteur de ces paroles était le soldat à ma gauche, faisant une performance de ventriloque — je n'osais pas me retourner pour le regarder. Mais évidemment cet horrible Agent en uniforme noir parlait de moi. J'étais toujours en retard sur la cadence, je faisais tout de travers, essayant désespérément de contrôler cet ensemble de — était-ce de bras et de jambes ? — gesticulant comme les membres d'une marionnette devenue complètement folle, essayant de s'envoler vers le nord, le sud, l'est et l'ouest, tout en même temps.

Je me demandais comment je survivais à tout cela. Mon voisin était très compatissant :

« Tiens le coup, mon vieux. Cet horrible Agent Noir fait une pause pour le moment. Tu es un étranger ici, n'est-ce pas ? Je suis le soldat H20, c'est ma formule personnelle. Mais il y a tant de 'moi', tous exactement pareils, qu'en réalité je suis Général H2O, ou H20 Publique, si tu vois ce que je veux dire. Attention ! Le voilà de nouveau qui te cherche »

« Si cht'attrape en train de marmonner j'vas t'écorcher vif? Mets-toi au pas, gâche, dret, gâche, dret, gâche, dret, j'vas t'faire danser un pas ou deux, continue, prêt! Tourne. Halte. Repos. »

Je ne pouvais même pas me tenir debout. Je me froissai, je m'effondrai — en sueur, frissonnant, réduit à un monticule tremblant, puis toute la scène du terrain de manoeuvres se désagrégea avec moi. Ces troupes qui défilaient se transformèrent en une innombrable quantité de ballons colorés et brillants, décrivant dans les airs des orbites fantastiques, et j'avais pour tâche de les maintenir en l'air et en mouvement , avec ce Agent qui ne cessait de me hurler des ordres. Leur trajets qui s'entrelaçaient se mélangeaient de plus en plus, dedans, dehors et tout autour, de plus en plus vite. Le chant d'Alicia, son existence, celle de chacun dépendaient de moi — obligé de jongler frénétiquement. J'étais possédé.

Ce fut mon ami le soldat-Général qui me ramassa sur le trottoir et me souleva.

« Là, là, mon vieux; pas étonnant que vous vous soyez évanoui. Maudit soit ce diable Noir! Mais courage! Le Agent Brown va bientôt prendre son tour et tu le trouveras beaucoup moins terrible. Repose-toi en attendant. »

Quand j'eus récupéré un peu, je lui demandai où nous étions. Il répondit:

« Tu es tombé dans Goblinka, mon vieux — connu aussi sous le nom de UCROM, l'Union des Républiques Chemocratiques de Moleculia. Très bien organisée. Tout est strictement réglé : ne t'inquiètes pas! Il n'y a pas seulement les classes militaires, du Simple Soldat au Maréchal, mais aussi juste pour te rendre les choses encore plus difficiles, toutes sortes de nations et de familles et de clubs, avec chacune ses propres règles de comportement militaire correct. Veux-tu vraiment connaitre les détails? Je trouve tout cela très déroutant, mais bon, je ne suis qu'un simple Général-Publique-Privé. Mais le Commandement Suprême DNA, ces grandes Spirales, savent tout et contrôlent tout. Elles et tous les autres lutins aux chapeaux de cuivre -- Myogoblins et Ryogoblins et Globulines, et j'ai oublié les autres. »

A ce moment-là j'avais récupéré assez pour demander s'il se passait autre chose à Goblinka que des défilés militaires, et s'ils rentraient jamais chez eux, et qui était l'ennemi qu'ils s'entrainaient à combattre, et s'il y avait quelque espoir de paix. Ses réponses furent vagues. Tout ce qu'il savait, lui, c'était qu'au Quartier Général ils savaient ce qu'ils faisaient.

Jetant un coup d'oeil autour de moi, je me demandai pourquoi je pouvais voir si loin. Le terrain était plat comme un court de tennis infini, sans un arbre ni même une taupinière, encore moins une vraie colline; pourtant, on voyait tout, comme un nombre infini de cours de casernes, comme si nous étions en train de regarder d'en haut dans ce ciel blanc. Et ces blocs de soldats compliqués, toutes ces formes faites de myriades de petites formes identiques, étincelantes et légèrement teintées de couleur émeraude, rubis ou saphir. On aurait dit une version édulcorée de ce joyau merveilleux que l'on m'avait offert dans le Jardin, ou une vitrine de magasin pleine de pâtes de fruit, et de losanges pour la gorge, et de pastilles acidulées, et de fruits cristallisés. Et cette énorme spirale à l'horizon était une barre de sucre d'orge.

Le Soldat H20 m'avertit de faire attention: « Voici le Agent Brown, de la grande nation des Brownies! »

Notre nouveau Commandant était là debout, seul, au milieu de notre section de cet énorme esplanade, et il nous parla réellement. Parla ! « Debout et détendez-vous. Laissez libre cours aux Mouvements Browniens. Vous n'êtes pas responsables d'eux. Non — ne forcez rien. Laissez vos bras et vos jambes, laissez les autres, laissez Goblinka faire le travail. Peut-être tous les grades vont-ils être bousculés et vous allez vous trouver promus instantanément de Simple Soldat à Général, à Commandant Suprême des Forces Alliées. Vous n'êtes pas obligés d'attendre pour avoir le Bâton de Maréchal dans votre sac-à-dos: il est ici! Simplement allons-y! »

Et alors ce très remarquable Agent en uniforme brun commença à bouger sur le champ, agitant bras et jambes, sautant, faisant des cabrioles, tournant sur lui-même. Et nous les troupes suivions juste son exemple. Eh bien, moi je n'ai suivi l'exemple de personne. Je fis simplement ce qu'il disait, qui n'était pas grand chose du tout. Je m'écartai et me contentai de regarder. Je me sentais très paresseux, aussi paisible que possible, au centre immobile de toute cette agitation de membres, etc...

Ce fut une sacrée découverte, je peux vous le dire ! Déjà, voyez-vous, avant de quitter ce Studio en Humania (où j'étais arrivé d'abord au moyen de membres de toutes sortes), j'avais commencé à nourrir l'idée que c'était moi qui les déplaçais, et qu'à leur tour eux me déplaçaient. J'avais tout faux ! J'avais supplié leur propriétaire ici, Ulysséen, de les commander. Mais ils avaient horreur d'être régentés ! Chaque fois que j'insistais pour les contrôler, ils me lâchaient. Mes mouvements commençaient à être maladroits, indécis, saccadés , et oh! si fatigants ! De moins en moins, en fait comme les mouvements de votre chat Douglas, ici. Tu ne mets jamais une patte de travers, n'est-ce pas, mon petit chou ? Tu n'es pas à côté de toi-même, te demandant ce qu'un personnage félin appelé Douglas devrait faire avec ses quatre pattes et ... j'allais dire sa queue ! Désolé ! Ils marchent, c'est tout.

Avec le Agent Brown c'était si facile de se comporter comme Douglas. Et c'était tout aussi bien car ma danse devenait de plus en plus vivante et accordée aux autres, jusqu'à ce que finalement il n'y eut plus qu'un seul modèle de Mouvements Browniens, et personne pour les diriger.

Vous ne pouvez pas imaginer combien c'était rafraichissant ! Loin de me fatiguer encore davantage, je me sentais de mieux en mieux, à tel point que j'avais presque oublié le terrible traitement du Agent Noir. Guère surprenant, bien sûr. Je n'avais rien à faire — j'étais aussi immobile que dans le Pays de la Clarté — chevauchant le poney de Shank, paisible !

J'étais ravi de trouver un tel écho de mon PaysNatal, ici entre tous les endroits, à Goblinka, le régime militaire. Le Agent Brown était-il, lui aussi, un enfant du Pays de la Clarté, comme moi, en visite ici ? Savait-il, lui aussi, que ce gigantesque ramdam n'était qu'un moyen de protéger le chant d'Alicia ? Et que si nous arrêtions elle se tairait, et même disparaitrait ? Et mon amical compagnon le Général -Publique-Privé H2O ? Sa façon de danser semblait aussi improvisée que la mienne, et il savait tournoyer aussi. Je lui posai la question sur tout cela, et lui demandai s'il aimait être l'Immobilité dans laquelle tout se passait. Mais il ne comprit rien et dit simplement quel merveilleux gars était le Agent Brown.

Ainsi je restai là avec toutes mes questions. Tous les niveaux de l'Arche Inférieure avaient-ils aussi leurs membres secrets de ce Grand Mouvement de Résistance, des êtres qui ne sont pas sous le charme du Méchant Magicien, des Etres Profonds qui ne sont pas des habitants de la Terre Plate, qui trouvent qu'à l'intérieur d'eux il sont exactement ce que chantait Alicia — l'Immobilité, la Lumière, le Silence ? Je pensai à nouveau à, ces trois enfants, et ce pauvre gastronome qui fut liquidé parce qu'il posait des questions non-gnomiques, et maintenant ce Agent qui refuse de marcher au pas, et mon coeur allait vers eux.

Mais impossible de me délecter de ma découverte. Le Agent Brown et ses Mouvements Browniens partirent, pour être remplacés par mon persécuteur. Cette fois-ci il y avait des tambours pour l'aider et il était même pire. Au début, je m'écartai et laissai mes membres continuer. Mais le Agent Noir s'assura rapidement que leurs Mouvements Browniens fussent remplacés par les Blackiens : il me donna des ordres, et je donnai des ordres à mes membres et ils étaient bien décidés à me désobéir. C'était marche rapide, encore plus rapide, marche à écorcher mes pieds. Pour empirer encore les choses, il se mit soudain à faire très chaud sur ce terrain de manoeuvre très froid jusqu'ici, et plus la chaleur augmentait plus nous devions marcher vite. Pendant un certain temps je réussis à garder le rythme et marcher au pas en mesure avec cet impitoyable battement de tambour — jusqu'au moment où j'entendis un autre battement de tambour et les deux se mélangèrent. Et je commençai à marcher sur un autre air — oui sur mon air, Le Chant. Et par-dessus le tout j'entendis ce Monstre Noir brailler, siffler, gueuler.

Tout cela aboutit de nouveau à une frénésie générale, et de nouveau je glissai, perdis l'équilibre, et ….

# CHAPITRE 13 : ELFANIUM

Tout ce que je savais, c'était que j'étais là, debout, seul, à Elfeland (sur le pétale 7 de notre Carte Profonde).

J'attendais au bord d'une grande route, brandissant mon pouce dans l'espoir que quelqu'un me prendrait dans n'importe quoi vers n'importe où. Heureusement il se trouve que j'étais à un carrefour prometteur, dont toutes les routes menaient à une station balnéaire appelée Elfe Ness. Cela règle la question, me dis-je, de savoir où je dois aller, puisque tout vient à moi — si quoi que ce soit arrive jamais par hasard. Du moins je pensai me l'être dit à moi-même. Mais à quelqu'un d'autre aussi, comme cela se passa :

« Pourquoi s'entêter à aller où que ce soit ? Quelle tête ? Oh, désolée de vous avoir fait sursauter. Je m'appelle Elfreda — enchantée de vous rencontrer. »

Et elle était là — une enfant elfe, farfadette, gracieuse, une créature nébuleuse tirant sur le vert, dansant en avant, en arrière, et en rond, trop rapidement pour me permettre de la voir clairement. Et quand elle s'arrêtait, il ne restait pas grand chose d'elle excepté sa voix. Ni de moi, excepté ma voix, j'imagine.

Je lui parlai de Elfe Ness sur mer, et lui demandai quel genre de transport nous attendions, et où elle voulait aller, et bien d'autres choses encore. Elfreda répondit :

« Il s'agit simplement de faire quelque chose de votre elfe. Nous attendons simplement quelqu'un — un groupe ou un autre — qui vienne nous chercher… »

Le reste de sa réponse fut noyé dans le vacarme d'un véhicule approchant à grande vitesse. Tandis qu'il approchait de plus en plus, puis nous dépassait à toute vitesse — ne nous accordant aucune attention à nous les auto-stoppeurs ni aux risques de la circulation au carrefour — je vis un dessin tournoyant à toute vitesse, comme un cyclone au plus fort de sa puissance. Mais le dessin était composé de danseurs qui portaient des masques de ski hideux. Tous tenaient des fusils, qu'ils faisaient tirer dans toutes les directions; ils dansaient tout autour de ce qui ressemblait à un étui à violon, dressé au milieu de cette foule, comme une idole de pierre.

J'étais ahuri ( et effrayé ) par cette apparition — mais Elfreda semblait être au courant de tout :

« C'est la bande de Al —Al Uminium. Avez-vous remarqué leurs cagoules d'elfes ? Elles sont un exemple d'un modèle ordinaire — on se sent si exclu sans. Et les cagoules de Al valent mieux que pas de masque du tout — selon eux.

« Voyez-vous, quand vous vous liez à l'un ou l'autre de ces groupes, ils vous donnent votre chapeau d'Elfe — selon leurs propre modèle et couleur — et on vous le retire lorsque vous êtes renvoyé, ou que vous partez — ou que vous êtes déjà dehors, comme vous et moi. Jusqu'à ce qu'on nous prenne en stop, ou bien que nous soyons acceptés par tel ou tel groupe, nous ne sommes personne, rien, aucune identité-elfe. Comme vous pouvez le voir vous même, en ce moment.

« Ici, attention : peut-être aurons-nous plus de chance cette fois-ci. Levez le bras! levez le pouce! Oui, nous sommes doublement chanceux — deux d'entre eux ! Je parie que c'est Elfanium-B et

Elfanium-R entre les guerres, dans un état de trêve armée. »

Deux énormes rond-points, tourbillons de silhouettes dansantes, ralentirent et s'arrêtèrent juste devant nous sur cette immense autoroute, très rapprochés les uns des autres. Et très semblables : même nombre chacun, même chorégraphie pour leurs danseurs au son de leur musique patriotique, et les mêmes sous leurs capuches d'elfes pointues, rouge-blanc-bleu, abaissées de sorte que je ne pouvais voir leurs visages — s'il y en avait. Et le grand mât autour duquel chaque groupe dansait arborait un immense drapeau rouge-blanc-bleu, et sous le drapeau un ruban rouge-blanc-bleu pour chaque danseur, qu'il devait tenir tout en tournant autour du mât. C'était comme deux festivals du Mayday identiques se déroulant côte à côte sur la place d'un village.

Mais après un coup d'oeil plus attentif, je remarquai deux différences entre eux. Les capuchons d'elfes et le drapeau des uns avaient des rayures rouges, blanches et bleues avec le rouge en-haut, tandis que les autres avaient des rayures bleues, blanches, et rouges avec le bleu en-haut. Et bien que leur musique fut la même, celle des uns avaient quelques minutes de retard sur les autres. L'effet sonore était regrettable.

Les membres des deux groupes nous lançaient des signaux lumineux frénétiques et hurlaient :

« Hé vous ! Êtes-vous un R ou être vous un B ? »

Drôle de grammaire ! Drôles de questions ! Déconcerté, je commençais à bégayer :

« Er, er, er. »

Mais cela leur suffisait :

« Hé, vous êtes un R, l'un de nous, un r-w-b, un elfe rouge-en-haut. Bienvenue à Ephanium-R, notre grande Mère Patrie, Défenseur du Principe-R Sacré ! Venez vous joindre à nous dans nos danses nationales et défier la puissance d'Elphanium-B ! »

Et sans me laisser le temps de l'objection, ils m'attirèrent dans le cercle, m'enfilèrent ce que je suppose être l'un de leurs capuchons r-w-b, me donnèrent un ruban à tenir et m'envoyèrent tourner avec les autres autour de cet immense drapeau au centre.

Je regardai tout autour pour voir ce qu'il était advenu de ma petite amie elfe . Je l'avais entendue leur répondre « Etre qui? » , alors bien sur les Elfanium-B l'avaient immédiatement reconnue comme l'une de leurs citoyennes. Et je vis que, effectivement, elle était déjà installée comme sujet loyale de ce royaume, tout comme moi de celui-ci. Ainsi nous nous trouvions des deux côtés opposés d'un grand conflit international. Car c'était ce de quoi nous étions prisonniers maintenant, selon mes nouveaux compagnons.

Nous partîmes — nous les Elfanium-R's — en direction de (me dit-on) « La Terre Promise », suivis de très près par nos ennemis mortels. Et au bout d'un moment, comme nous tournoyions le long de cette large route dans la terre des Elfes, je remarquai que la musique (qui me plaisait beaucoup) ralentissait, et que les danseurs étaient fatigués et perdaient de plus en plus le rythme, et leurs rubans s'emmêlaient tristement. Et cela devint de pire en pire, et je finis par craindre que tout le spectacle se termine dans une totale confusion. Bon, vous pouvez penser qu'en tant que nouveau-venu je ne me soucierais guère de ce qui arriverait. Mais si, je m'en souciais. Je me sentais déjà comme un vrai Elfanium-R, et ses aventures étaient mes aventures, et je coulais et nageais avec mon cher pays. La vérité est que j'étais devenu un peu fou; car ces cercles d'elfes magiques sont vraiment magiques. Ils vous transforment en citoyens Elfes !

Et ensuite, tout changea. Une trompette sonna, et une voix tonitruante annonça que la Guerre avait éclaté entre Elfanium-R amoureuse de la paix et ces bellicistes d'Elfanium-B qui refusaient d'être raisonnables et agitaient leur drapeau de haut en bas. Ainsi l'on était dans un état d'Urgence Nationale, et la situation promettait de terribles souffrances. Ce fut tout à fait merveilleux comme immédiatement nous les danseurs alanguis reprîmes vie, sortîmes nos rubans, et commençâmes à taper du pied et à sauter au rythme accéléré de la musique. Nous étions tellement ensemble qu'il n'y avait pas de danseurs séparés.

Jetant un coup d'oeil vers l'Ennemi, je vis qu'il en allait de même pour eux. Eux aussi éclataient maintenant d'énergie. Leur plan de paix (sans doute devrions-nous inverser nos couleurs) ayant échoué, face au danger et souffrances ils ne faisaient qu'un.

Je ne sais pas comment j'ai été mêlé au premier incident de la guerre, ni même quelle sorte d'incident c'était. Je me souviens simplement de beaucoup de jurons, de cris, de fracas et de coups, et d'une telle vague de rouge, blanc et bleu que le résultat virait plutôt au gris. Il n'était pas facile de savoir qui étaient mes chers compatriotes et qui étaient mes implacables ennemis. De toutes façons, nous les guerriers avons tendance à oublier, dans la chaleur de la bataille, ce pour quoi nous nous battons, notre cause sacrée. Mais quelqu'un, ami ou ennemi, m'envoya un terrible coup dans cette mêlée, et je m'éteignis comme une lumière.

# CHAPITRE 14 : ELFIANITÉ

Je ne sais toujours pas si j'ai été chassé de Elfanium-R comme traitre, ou si j'ai été accidentellement déposé dans un no-man's land par la Croix Rouge. Tout ce que je sais, c'est que d'une manière ou d'une autre, je me suis retrouvé, très secoué, exactement au même carrefour d'où j'étais parti. Ainsi nous ne nous étions finalement pas rapprochés d'un pouce de notre but, La Terre Promise. Que d'efforts perdus ! Je sentis que j'avais besoin d'une sieste.

Comme je regardai la route tout ahuri, elle commença à s'élargir de plus en plus jusqu'à ce qu'elle ne fut plus une route mais un immense terrain de jeu pour enfants. Et il y avait là une jeune fille — était-ce Alicia, haute maintenant de plusieurs kilomètres ? — qui avait d'innombrables têtes en train de fredonner toutes en même temps. Elles avaient de multiples couleurs, formes et voix, mais étaient toutes de la même taille, et fredonnaient toutes son chant. Certaines tournoyaient régulièrement, d'autres titubaient comme des ivrognes. Elle avait un mal fou à les maintenir en mesure avec son fouet — tâche qui devenait impossible. Le pire était que si elles s'arrêtaient un instant, Elle ne deviendrait pas simplement silencieuse, Elle n'existerait plus pour le remarquer. Et alors quelque chose se produisit qui résolut tout : tout à coup toutes les têtes furent frappées d'immobilité. Elles restèrent là, tout à fait immobiles, tandis que tout le Pays des Elfes tournoyait autour d'elles, et le fredonnement se poursuivait imperturbablement. Chaque tête était le centre d'un grand disque et le Pays des Elfes n'était que roues sur roues, disques sur disques, une gigantesque discothèque ! Quel soulagement !

Quelqu'un me secouait. Ce n'était pas Alicia. C'était ma petite amie Elfreda. Quel ravissement pour moi d'entendre à nouveau cette voix.

« Ainsi vous êtes aussi une victime de la guerre ! Ah bien, nous avons perdu nos capuchons d'elfes rouge-blanc-bleu, alors maintenant nous pouvons nous parler. Finis les ennemis mortels. Nous ne sommes simplement de nouveau personne ».

Il y avait tant de choses que je voulais savoir sur elle — d'où elle venait, comment elle connaissait si bien le Pays des Elfes, qui elle était.

« Vous dire qui je suis ? Je suis personne, rien, un rien spacieux, plus subtile que l'air subtile. Pas de citoyenneté elfe, pas de capuchon, pas d'elfe où je suis. Venez voir, si vous voulez. Ce n'est pas aussi horrible que cela semble, parce que ce n'est pas un rien endormi, ou un rien rien. Je suis un rien largement éveillé. J'aime être cela. Et vous ? »

J'étais stupéfait par ses paroles. Et je lui dis que, bien sur, j'aimais cela, pourtant je sentais que j'avais encore envie de trouver un beau cercle d'elfes auquel me joindre et un capuchon d'elfe à porter. Tout cela était plutôt une énigme pour moi. Et je lui demandai pourquoi, si elle se sentait si bien comme elle était, un Rien largement éveillé, pourquoi elle essayait encore de faire du stop pour monter dans l'un de ces cirques qui passaient — simplement pour se coller un capuchon d'elfe dont elle n'avait pas besoin ni ne voulait. Elle répondit:

« Nous ne sommes pas des elfes, vous et moi. Les Elfes sont connus par le numéro de leur compagnie. Pour eux la sécurité est dans leur nombre. Hors de leur compagnie, ils sont inconnus, 'déselfés': comme nous en ce moment. Alors pourquoi est-ce que je continue à faire du stop ? Je ne sais pas vraiment. Peut-être que mon hobby est les costumes. Je collectionne les masques d'elfes, et j'étudie les capuchons. J'aime les essayer: si le capuchon me va, je le mets — pendant un certain temps. Tout cela est un jeu — la grande, gigantesque FARCE qui est jouée dans le monde entier.

Mais j'avais quelque chose de sérieux à lui dire :

« Ecoutez , Elfreda. Le nom de ma demeure est le Pays de La Clarté, la Terre du Grand Eveillé. Ce sont les termes mêmes que vous avez employés vous-même. Parfois je pense que je n'ai jamais quitté ma demeure; de toutes façons, j'ai apporté cet espace, cette clarté ici avec moi. Tout ce voyage ne m'a jamais vraiment changé à l'intérieur de moi, Vous devez venir de là-bas vous aussi ? »

Mais je n'ai jamais entendu sa réponse. Car à ce moment-là se produisit un énorme grondement, et ce qui ressemblait à une tempête de sable noire et tournoyante surgit à l'horizon. Comme elle grossissait et arrivait sur nous — nous enfermant brièvement dans ses ténèbres — j'aperçus vaguement son intérieur, puis elle disparut. Je distinguai de nombreux danseurs, tous déguisés en noir et portant des capuchons d'elfes pointus, avec des fentes bordées de rouge pour les yeux. Chaque danseur portait une hache étincelante avec laquelle il battait la mesure pour une musique effrayante. Et au milieu d'eux, je vis un minuscule et pâle champignon. Minuscule, mais sans cesse grossissant.

Et comme cette procession funéraire — ou était-ce une procession pour une exécution?— avançait le long de la grand-route et disparaissait finalement au loin, ce champignon devint de plus en plus grand, jusqu'à atteindre le ciel. Et il resta suspendu là dans les ciels nordiques, une grosse masse cryptogamique grise, en ébullition et bouillonnante, bordée de rouge et de soufre.

Elfreda, bien sûr, connaissait tout cela.

« Le dernier arrivé en Terre des Elfes, Pluto — Pluto Nium, en route pour Hirosaki. Dieu soit loué, il y a des moyens moins sinistres d'affirmer votre Elfitude. Voyez ce qui arrive maintenant. Quel contraste brillant ! C'est St.Elphis et ses Sirènes, en route vers l'ouest, vers les Hautes Rocheuses ! Ecoutez cette musique ! C'est ici que je vais — j'espère. Vous venez ? »

Cela grandit juste devant nous, et je pus regarder de près cette scène dansante, passionnante. Au centre, il y avait une colonne étincelante, très haute qui supportait, dessinée sur le ciel, la silhouette de marbre blanc d'un jeune homme coiffé d'un halo de lumière blanche, tandis qu'au pied de la colonne les Sirènes — de belles jeunes filles avec des queues en écailles de poissons et des cheveux d'or brillants — chantaient sur la musique d'un orchestre caché. Et tout autour d'elles, zigzagant, tournoyant, sautant et faisant de grands gestes vers nous se pressait une foule de créatures les plus décontractées que j'ai jamais vues. Leurs vêtements ressemblaient à des fragments d'arc-en-ciels, et leurs capuchons d'elfes scintillaient de sequins argentés.

Et le chant de ces Sirènes! Il me saisit comme une corde m'attirant dans ce cercle. Et elles étaient si accueillantes, ces jeunes filles. Elles insistaient encore et encore pour que nous nous joignions à elles.

Mais — à mon Grand étonnement — je me retrouvai en train d'imaginer une autre corde m'attachant à ce poteau indicateur au carrefour des quatre routes. Pendant un moment je ne savais pas ce qui allait arriver, mais cette traction opposée, plus forte que celle des Sirènes, me retint. Peut-être était-ce que leur chant, cette danse et la lumière qui inondait toute la scène étaient trop merveilleux,

trop séduisants, et moi je cherchais une autre musique, une autre danse, une autre lumière. Je me détournai.

Elfreda, à mi-chemin de leur groupe et dansant déjà sur leur musique, hésitait et me regardait. Je commençai à dire quelque chose comme 'peut-être nous ne nous reverrons jamais'. Mais elle ne fit que rire pendant qu'ils   la coiffaient du capuchon d'elfe blanc étincelant, et elle cria vers moi:

« Bien sûr que nous nous rencontrerons de nouveau, nigaud! Avons-nous jamais été réellement un 'nous'? Deux? Arithmétique nulle ! »

Et ainsi nous nous séparâmes pour la seconde fois, frère et soeur de la même Patrie. Et St. Elphis et ses Sirènes s'éloignèrent doucement, éclairant la lumière du jour elle-même, les danseurs agitant leurs bras et Elfreda soufflant des baisers d'elfe jusqu'à ce qu'ils se fondissent tous en un point silencieux sur ce vaste paysage du Pays des Elfes. Et malgré ses mots d'adieu, je me sentis plus seul que jamais depuis la période où j'errais dans le Jardin de Humania, après que l'on m'eut séparé des trois enfants. Et pour la première fois, je commençai à me demander si toute mon aventure loin de Chez Moi, n'avait pas été une erreur gigantesque. Cela valait-il la peine ? Où cela se terminerait-il ?

Ce doit être ce doute et cette solitude qui me conduisirent à me joindre au premier groupe qui passait par là — ou peut-être la musique. Un chant dont la tristesse s'accordait à la mienne. Sous l'effet de cette musique — si pleine de mélancolie descendant des siècles du Grand Mystère lui-même — je cédai à l'invitation de ces silhouettes capuchonnées de gris et acceptai le capuchon qu'ils mirent sur moi. M'expliquant que cela faisait de moi un Elfien, un converti à l'Elfianité, ils me conduisirent dans les ténèbres à l'intérieur. Ils me dirent que c'était le chemin vers le ciel.

Et il semblait qu'ils aient raison. Ces presque ténèbres — cette musique sombre — me ramena immédiatement en arrière au ciel de mes Anges. Car à mesure que je m'habituai à la mélancolie je vis cercles sur cercles de silhouettes vagues portant des bougies allumées qui étincelaient comme des étoiles en procession céleste. Et au centre de ce défilé d'étoiles il y avait une masse noire dont le contour rappelait une grande cathédrale gothique, toute en tours et en flèches, avec des vitraux brûlants comme des flammes bleues. L'odeur de l'encens se répandait dans l'air chaud.

On me donna une bougie — une étoile — à porter, et ils me firent de la place dans cette procession. Au-dessus de nos têtes pas de toit seulement la nuit, et tout autour cette obscurité semée d'étoiles. Nous les gris étions si fondus et perdus dans ces ténèbres sans limites que nous aurions pu aussi bien ne pas porter de capuchons.

Comme nous avancions dans ce flot de lumières et de musique, je repensai à tout ce qui m'avait amené en ce lieu. Et soudain tout était juste comme cela devait être. Pas l'ombre de regret. Même Pluto et le gang d'Al, les horreurs de ce terrain de parade à Goblinka, et la solitude et la terreur dans le Jardin. J'étais subitement si reconnaissant pour tout cela. Mon voyage dans l'Universtoi, mon aventure dans le Monde Profond, n'était ni une erreur ni un échec. Cette musique nostalgique, mystérieuse, produisit en moi une joie étrange. Un Universtoi capable de produire une telle musique — ils l'appelaient Pleinchant, et surtout le dernier thème de ces Pleinchants ( je pense à ces passages joyeux qui marquent la fin d'un passage sérieux) — était VIVANT, BON et BIEN! — même PARFAIT ! Et puis, pour compléter la perfection, ce Pleinchant Elfien commença à reproduire certains passages d'une autre musique, du Chant que je cherchais.

Ce genre de beauté ne pouvait simplement pas durer. La musique baissa de plus en plus, puis s'arrêta. La nuit et ses étoiles et les flammes bleues de ces fenêtres disparurent toutes dans la brillance du grand jour Elfien, cette odeur d'encens s'envola dans le vent, et il ne resta aucune trace de ce mystère Elfien excepté son souvenir — un souvenir tendre et reconnaissant.

Ainsi j'étais à nouveau de retour sur la route, sans trop savoir comment j'étais sorti facilement et naturellement de l'obscurité céleste d'Elfianité pour me retrouver dans la pleine lumière du jour. J'étais de nouveau seul — mais ne me sentais plus solitaire..

# CHAPITRE 15 : ELFBRIDGE

Où cette grand route du Pays des Elfes menait-elle réellement ? Cette station balnéaire nommée Elf Ness existait-elle ailleurs que sur les quatre bras de ce poteau indicateur ? Je commençais à en douter. Et à être fatigué de ce prétendu voyage qui me ramenait sans cesse à mon point de départ.

Et puis vint Elfbridge. Ce véhicule, me dit-on, allait vraiment dans des endroits, et y allait vite. Se rapprochant chaque jour et chaque heure de ce pays où il n'y aurait plus de mystères ni de secrets, où se trouvent les réponses.

Je fus accueilli à bord par un petit personnage portant un capuchon entièrement doublé avec des morceaux d'émeraude, d'où sortaient beaucoup de cheveux couleur carotte. Il dit qu'il s'appelait Freddy. Ou, pour lui donner son vrai titre, Dr. Elfred Hairy Faery, Professeur d'Elphosophie à la Multiversité de Elfbridge. Il expliqua qu'il avait sa chaire personnelle très spéciale, bien que de toute évidence il ne fut pas assis dessus à ce moment. Et ensuite, après qu'on eut mis mon nouveau capuchon d'elfe sur moi, par derrière comme d'habitude pour que je ne le voie pas, nous partîmes pour un tour guidé de ce grand joyeux-manège — ou sérieux-manège.

Nous étions beaucoup trop sérieux pour danser. Nous nous pavanâmes gravement, levant haut nos jambes couvertes de nos robes, et nous inclinant très bas quand nous rencontrions quelqu'un. Je m'habituai rapidement à ce rythme et tournai, tournai avec les meilleurs d'entre eux au son d'une musique majestueuse.

Ce autour de quoi nous dansions, seul ou en couples bras dessus bras dessous, c'était la femme la plus bizarre qu'on puisse imaginer. Vêtue d'une chemise de nuit blanche fripée, elle était assise sur un trépied posé au-dessus d'un trou dans le sol. De cette fosse montait un nuage de vapeur nauséabonde. Cela tournait autour de sa tête presqu'entièrement cachée dans une masse de cheveux gris. Sur ses genoux il y avait une bouteille contenant un liquide rose, avec lequel elle se rafraichissait de temps en temps. Elle marmonnait beaucoup et s'agitait sur son perchoir si bien que j'avais peur qu'elle ne tombe dans la fosse. Mon guide féérique expliqua :

« C'est notre Doracle Elfique, montée sur son Trépied. Elle est sur des jinns roses, comme vous pouvez le voir. Et quand elle les boit et en même temps les voit, elle s'interrompt pour crier un peu. »

A ce moment, elle poussa un formidable hurlement, et sembla prête à s'évanouir. Mais les silhouettes dansantes, apparemment habituées à ce spectacle, s'inclinèrent simplement respectueusement dans sa direction, et poursuivirent leur déambulation.

Me détournant de la Doracle Elfique, je vis que nous étions au milieu d'un grand cercle de champignons-tabourets, sur lesquels étaient assis des personnages revêtus de robes et capuchons bordés de fourrure, et courbés sur leurs microscopes. Leurs cheveux longs pendaient sur leur travail, de sorte qu'en fait chacun étudiait ses propres boucles et poils. Ils étaient très occupés et ne regardèrent jamais vers nous à notre passage.

Récemment, mon guide si obligeant expliqua que les deux grands départements de la Multiversité, les Départements du coupagede-cheveux -en-quatre et celui des Tatillons-du-cheveu, s'étaient développés en de nombreux sous-départements — spécialisés dans le coupage-en-quatre-des-cheveux-bouclés, des cheveux raides, des cheveux blonds, des cheveux noirs — sans parler du coupage des phrases, coupage des mots, coupage des lettres, coupage des différences, coupage de la personnalité, coupage des atomes. Les seules choses qu'ils prenaient garde de ne jamais couper, me dit-il, étaient leurs infinitifs et leurs bords. Ils étaient très sérieux, chacun collé à son microscope.

Je lui demandai s'ils portaient toujours leurs microscopes comme des lunettes, quand ils détachaient les yeux de leur travail (si jamais); et s'il leur arrivait de se parler les uns aux autres, et pourquoi ils faisaient un tel désordre. Il répondit que l'avance de la science avait son prix — comme ces vieux journaux graisseux qui jonchaient le sol. Les Compagnons de la Recherche devaient avoir leurs puces de fission : les pauvres gars n'avaient même pas le temps de prendre un repas décent ensemble. Une telle pollution, accorda-t-il, était déplorable. Mais au moins la Mulltiversité ne s'était pas écroulée, ou détruite elle-même — ou si elle l'avait fait, nous étions en train de rêver le contraire, de manière éclatante.

A ce moment, les cheveux du Professeur de coupage des atomes se dressèrent subitement en l'air, et il leva bel et bien le regard avec une expression ahurie sur le visage; mais il replongea immédiatement dans son travail, les cheveux toujours dressés en l'air, l'air d'un balais à l'envers.

Mon ami féérique disait quelque chose à propos des coiffures : chaque style de coiffure avait son propre espace et langage, et donc il était difficile de savoir ce qui se passait. Mais je n'écoutais pas vraiment, parce qu'à ce moment-là j'avais une vision.

Je vis un pauvre ferblantier, un réparateur de porcelaine, aidé de sa fille aveugle. Il écrivait dans un livre au sujet d'un homme qui ne peut regarder que vers le bas, un râteau à fumier dans la main; et un être brillant au-dessus de lui avec une couronne céleste qu'il offrait à l'homme courbé en échange de son râteau à fumier. « Mais l'homme ne leva pas les yeux ni ne regarda, mais ratissa vers lui les pailles, les petits bâtons et la poussière du sol.

Mon guide féérique essayait de me stimuler, d'attirer mon attention sur notre visiteur, qu'il introduisit comme le Professeur Doublet, expert Tudor et tenant érudit de la chaire d'Elfhistoire.

Ce personnage très grand, vouté, impressionnant avec son capuchon bordé d'hermine, était descendu de son champignon très élevé pour se joindre aimablement à nous. Et comme nous déambulions tous les trois côte à côte, il regarda mon capuchon et me demanda quel était ma spécialité et ce que je voulais enseigner à Elfbridge. J'expliquai qu'il y avait un sujet que je connaissais très bien, et que c'était Le Sujet, Soi-même : La Science de La Première Personne — de l'Espace et de la Lumière et de l'Immobilité et du Silence. Autrement dit, je voudrais montrer à ces chercheurs comment bien se servir de leurs microscopes, et cesser d'ignorer ce qui se trouve de leur côté du microscope. Ils me demandèrent plus d'information. Aussi j'essayai d'expliquer à ces deux étranges professeurs dansants exactement ce que je voulais dire. Et lorsque j'eus terminé, ils commencèrent à parler entre eux à voix basse. Puis, le Professeur d'Elfhistoire commença à parler à haute voix, d'un ton très angoissé :

« Elfred, en tant qu'Historien j'ai étudié cette sorte de superstition ancienne. Et je crains que nous ayons en notre sein un Mystorien appartenant à l'Ecole discréditée de l'Emerveillement, la Surprise et l'Eblouissement — un membre clandestin de la Faculté de l'Inconscience, bannie il y a des siècles de cette Multiversité. Dans son école la moyenne pour passer est un sur dix, mais les honneurs vont au zéro. Les enseignants portent tous des capuchons pointus très hauts marqués I — pour Ignorant, I pour Imbécile — et ils donnent non pas des leçons de danse, mais des leçons de Nulitude. Freddie, il faut vraiment que tu fasses quelque chose rapidement. Tu sais quoi. C'est évident. »

Et il s'éloigna tout tremblant, cet Historien voûté qui me dit que j'étais un Mystorien, cet expert Tudor qui me rabaissa au rang d'expert en merveille, un Rien du tout. Il ne s'était pas trompé de beaucoup ! Mon guide féérique le prit très calmement:

« Ne fais pas attention à lui. Personne ne l'aime à Elfbridge. Les Opinions, voilà ce dont il souffre. Vois-tu moi, je n'ai pas d'Opinions. Je me réfère toujours au Doracle. Lui aussi, bien sûr, finalement ».

Il s'inclina profondément en direction de cette dame. Elle était encore plus instable sur son Trépied, avalant des jinns roses rapidement et criant beaucoup — sans doute parce qu'elle les voyait aussi. Il se détourna d'elle vers moi et me demanda, sur un ton amical, de lui dire ce que je cherchais réellement. Nous avions tout notre temps à Elfbridge. Et il me demanda de parler fort et distinctement pour que la Doracle Elfique puisse entendre aussi.

Mais je continuai à regarder la dame et à me demander pourquoi elle ne tombait pas de son Trépied, ou ne se levait jamais. J'avais l'idée qu'elle n'en avait pas besoin, parce qu'il y avait ce trou dessus et la fosse en-dessous. Mais je ne voulais pas offenser mon guide en lui posant des questions sur un sujet aussi délicat. Non, je n'étais que trop pressé de répondre à son désir d'entendre la suite de mon histoire — bien que la dame semblât à peine en état de l'entendre. Quoi qu'il en soit, je racontai mes aventures en détail, depuis l'Arche Supérieure en passant par l'Arche très haute, l'Arche moyenne et la petite Arche dans laquelle nous étions, et plus bas jusqu'au Pays des Elfes et Elfbridge elle-même. Je parlai beaucoup de mon Ange Rieuse, et des trois enfants, et d'Alicia dont nous étions en train d'explorer les intérieurs. Et je terminai mon histoire en lui parlant de ce Magicien Diabolique qui rend les gens aveugles au Monde Profond, et morts au Monde Vivant, celui que je venais de traverser de niveau en niveau. Et j'expliquai combien c'était utile d'avoir une Carte Profonde de tout cela plutôt que ces Cartes Plates dont se servent les gens. Et je dis comme c'était bon de trouver quelques gens qui n'étaient pas sous ce Charme, qui ne vivaient pas courbés mais capables de se redresser et voir que ce n'est pas un Monde Plat et Mort après tout. Des gens qui n'étaient pas des sédentaires mais de vrais voyageurs. Je m'en étais donné à cœur joie pour parler de la Profondeur et de la Vie, comme je ne l'avais pas fait depuis ce temps à Humania avec le Dr. Manley et ses amis.

Après cette interruption, nous dansâmes autour de la Doracle pendant des siècles. En passant à côté de tous ces coupeurs et tamiseurs et pinailleurs penchés sur leurs instruments, si bien que finalement je commençai à me demander si mon guide avait oublié ce que j'avais dit, ou peut-être n'en avait pas entendu le moindre mot. Non. Car finalement il parla, non pas à moi, mais à la Doracle Elfique elle-même :

« Avez-vous entendu tout cela, Madame ? Bien ! Alors pouvons-nous je vous prie avoir la décision de Votre Sainteté ? »

Elle se rafraîchit avec quelques jinns, remonta sa chemise de nuit, se redressa sur son Trépied et émit son jugement :

« Oui professeur. j'ai tout entendu. Hic. Et je dois m'assurer que Hic notre raisin et notre fond de pantalon hic hic tout l'enseignement elfe est dégagé et 000000 et complètement désarticulé de toute mysticité spéculysséenne 000000. Une quantité de hic hic hic de coquelicots de Lobbock 000000 adaptés seulement aux pinailleurs. D'où vient diable hic hic cette puanteur atroce 000000 un hopinstitut pour déféqueurs chroniques hic hic la faible excrémentalité ? Effacez tout ça ! Envoyez-le aux coupeurs de papier stoilette ... 000000... »

Après un intervalle respectueux, le Professeur Hairy Faery traduisit pour moi :

« Elle dit : nous trouvons votre point de vue très intéressant. Cependant, pour le moment il ne s'accorde pas avec notre curriculum courant — sans parler des restrictions financières. En conséquence nous regrettons de ne pouvoir employer vos talents indubitables dans cette Multiversité. »

Pour la première fois, lorsque le Professeur le retira aimablement, j'apercus le capuchon que j'avais porté tout le temps à Elfbridge. Il était haut et pointu, et avec un I majuscule imprimé dessus.

Et ainsi je fus expulsé de Ellfbridge, ce Marteau-Ecraseu des Mystoriens, ce Bulldozer des Arches Hautes, ce grand Excavateur des Secrets du Monde, et me retrouvai libre dans le monde — une fois de plus seul.

# CHAPITRE 16 : LA COMPTABILITÉ ELFIQUE

Et voici que je me trouvai de retour à ces carrefours qui offraient toujours de me conduire à Elf-Ness sur mer.

Un autre genre de véhicule arrivait déjà, en route ( d'après le drapeau sur son toit) vers le Grand Festival d'Eplfinstone. Non merci ! Même avant de me renseigner, j'étais décidé à ne pas m'impliquer encore une fois. J'en avais eu assez ! Tout ce que je pouvais voir de ce nouveau groupe me fit ressentir comme c'était merveilleux d'être dehors.

Certains chantaient en dansant en rond, certains jouaient de la guitare ou de la batterie ou des flûtes, et certains fumaient des pipes minuscules qui apparaissaient à travers les cheveux pendant devant leur visage. Et au milieu de la scène s'élevait le demi-dôme d'un magnifique champignon autour duquel ils dansaient, défilaient, trébuchaient, rampaient. Je remarquai que le bord de ce champignon était irrégulier, comme si des souris l'avaient rongé, ou des chenilles. Il s'avéra que c'étaient les danseurs eux-mêmes. De temps en temps l'un d'entre eux cassait un petit morceau du champignon et le grignotait. Quelques uns étaient couchés sur le dos, les yeux fixés sur le ciel. Avaient-ils trouvé leur propre façon de voir dans le Monde Profond ? Ils ne me semblaient pas être des habitants du Pays Plat. Si bizarres fussent-ils, ils n'étaient pas courbés. Et leur musique était belle, aussi — beaucoup plus belle que la fumée qui sortait de leurs petites pipes.

Ainsi eux et leur étrange odeur s'en allèrent avec le vent, et je restai seul à me demander comment sortir de cette route, du Pays des Elfes tout court. De toute façon je n'allais plus me laisser être coiffé d'un capuchon d'elfe.

Mais je n'eus pas le choix. Je fus ensuite entrainé de force dans — ce Groupe-de-Comptables Elfiques.

Je n'avais même pas remarqué leur arrivée au carrefour, tant j'étais occupé à chercher un moyen de sortir de là. Ce fut un choc lorsque je me trouvai empoigné par un personnage athlétique vêtu d'un long manteau de peau de mouton avec un capuchon, boutonné si haut que je ne pouvais pas voir son visage. Il me répétait que j'avais un sérieux problème d'elfe, et que nous allions y remédier. Il était beaucoup plus fort que moi et à la fin il m'assomma presque. Et quand je revins à moi, il était en train de me trainer le long de son cercle, où il me laissa tomber sur une vesse-de-loup dans un cercle entier de vesses-de-loup, la plupart d'entre elles occupées. Il s'assit lui-même sur un gros champignon au centre, et commença à expliquer que ce que nous cherchions ce n'était pas seulement la citoyenneté elfe : c'était la citoyenneté de super-elfe. Mais puisque ceci était un Groupe de Comptables Elfes, nous devions commencer par le commencement en comptant, comptant nos capuchons d'elfes. Il désigna un jeune gars, à ma gauche, et nous commençâmes.

« Un. Deux. Trois. Quatre. »

C'était mon tour. Je dis « Passe ! »

Je crus que notre leader allait se blesser lui-même — ou me blesser moi —, il était si furieux. Secouant son doigt vers moi, il m'avertit d'être sérieux et nous recommençâmes. Étions-nous tous présents et bien ?

« Un. Deux. Trois. Quatre. »

« Très bien. Mais ABSENT! Simplement espace pour tout le monde. » j'étais simplement honnête, disant ce que je voyais.

Je crois que notre Leader se fit vraiment mal cette fois. Mais au bout d'un moment, il se ressaisit assez pour postillonner quelque chose à mon sujet signifiant que je n'étais pas un super-elfe mais un sous-elfe, et que mon problème d'elfe était bien pire qu'il ne l'avait pensé. Et il hurla CINQ en mon nom, et les autres comptèrent jusqu'à un total de douze — ce qui, avec lui au milieu, faisait un total de treize capuchons d'elfes en tout. Eh bien moi, je n'en comptais toujours que douze, et je le vérifiai secrètement en désignant chacun à son tour et comptant exactement ce que je voyais.

Notre Leader me surprit et expliqua aux autres que mon âge mental était de trois. Mais au lieu de me renvoyer, il poursuivit en disant que l'exercice suivant dans cet atelier était de faire le tour du cercle en nous présentant chacun. Nom, profession, comment nous nous voyons nous-même — brièvement.

Numéro Un dit qu'il était Robin des Bois, et était venu avec sa soeur, le Chaperon. Son métier était le tir à l'arc, et tourmenter les shérifs et soulager les bourses des abbés. Et bien sûr, il était vert.

(Je n'eus pas le courage de dire quoi que ce soit, mais le capuchon de Robin était rouge. Personne d'autre ne semblait l'avoir remarqué, ou s'en soucier.) Ce fut le tour de sa soeur :

« Je suis une petit fille bien élevée, sauf que j'ai tendance à sortir du chemin pour cueillir des fleurs et m'attirer des ennuis avec des étrangers. Et mon capuchon est rouge vif, comme chacun le sait. Mais j'ai un problème de GrandMère. Et — oh mon dieu! — je crois que cela arrive maintenant. »

Elle fixait notre Leader comme si elle avait vu un fantôme. Mais il s'enfonça profondément dans son manteau et réussit à la calmer un peu. Le tour de présentations se poursuivit :

Numéro Trois dit : « Je m'appelle King Cole, et le noir est beau. »

Numéro Quatre dit : « Je suis la petite amie de Mr. Cole et je m'appelle Daisy Dazz et je suis plus blanche que blanc. »

« Je … Je … »

J'abandonnai. Et je m'enfuis en courant… de Lui. Car finalement j'avais vu la vérité, j'avais vu qui il était à l'intérieur du manteau de peau de mouton.

Mais il se dressa et courut après moi. A mes trousses, cet horrible galop et ce hurlement…

# CHAPITRE 17 : LE NOUVEAU PAYS DE LA CLARTÉ

Cette fois-ci je courus plus vite que lui. Je l'entendis vraiment perdre de la vitesse, hurler sa rage de plus en plus loin jusqu'à ce que finalement je les perdis lui et son hurlement, complètement, et pus ralentir sans danger. Pour le moment j'avais échappé à mon Ennemi. Et au Pays des Elfes aussi — enfin ! Mais échappé pour aller où ?

Difficile à dire, pour le moment. Sur notre Carte Profonde, j'étais sur le pétale 9, le tout dernier. Je regardai autour de moi — rien. A partir de rien ici, et dans rien là-bas, et cela me donna un sentiment très particulier : un sentiment qui me renvoyait il y a très très longtemps. Ce rien là-bas s'étendait jusqu'à l'horizon qui aurait dû être là, mais n'y était pas. C'était presque comme être rentré chez moi dans le Pays de la Clarté.

Mais pas tout à fait. De lointains et occasionnels bruissements, bips et craquements troublaient le calme de ce lieu; et des casca de sons comme le gémissement d'invisibles avions à réaction, ou des vagues se brisant sur de lointains rivages ensorcelés, ou quelque Troll géant grattant le bord du monde de son doigt corné et faisant claquer sa langue. C'était sinistre. L'ambiance n'était pas très rassurante ici, dans ce Nouveau Pays de la Clarté. Parfois ces bruissements devenaient des rugissements, et montraient leur puissance en laissant derrière eux de longues trainées de vapeur duveteuse, courbes, droites, parfois se fondant les unes dans les autres et ainsi s'annulant — jusqu'à ce que ce vaste paysage céleste devint un gigantesque jeu de figures. Souvent je pensai que j'étais vraiment écrasé (pas délibérément, j'espère). Et je suis sûr que cette invisible ruée me traversa carrément. Etrangement, cela ne semblait me fair aucun mal — mais je me sentais bel et bien horriblement secoué.

Le pire était qu'il n'y avait rien que je puisse faire, et nulle part où aller, et aucune chance de me mettre hors de danger. Ces horribles choses fonçaient sur vous n'importe comment et de n'importe où. Je ne pouvais qu'attendre et voir. Ou voir et attendre — ce que je trouvai une meilleure idée, si vous me suivez.

Et ensuite, cette voix :

« Si vous attendez assez longtemps, vous verrez la Grande Parade du Jubilé. »

Cette petite voix venant de presque personne et presque nulle part, mais si familière! Et O tellement, tellement bienvenue!

« Elfreda! »

« Non, juste Freda. Nous ne sommes plus des lutins, dieu merci ! »

« Mais Elfreda — je veux dire Freda — où sommes-nous ? »

« Exactement là où tu pensais. Ceci est le Nouveau Pays de la Clarté. Certains disent qu'il a supplanté le Vieux Pays de la Clarté définitivement, et c'est un grand progrès : c'est notre véritable Mère Patrie, disent-ils — cet autre endroit n'est qu'Imagination. De toute façon, je crois que tu vas aimer la Grande Parade Tickle. Regarde ! »

A la tête de la procession il y avait une flotte de bois portant une énorme couronne faite de guirlandes et papier d'agent, et parsemée de morceaux de verre cassé en guise de bijoux. Sous ce couvre-chef royal il y avait une masse de cheveux finement coupés — cheveux bouclés, et raides et blonds et noirs — mais pas de tête souveraine ni de corps avec. Il semblait que cela avait été rassemblé à la hâte, c'était plutôt tremblant, mais l'effet de l'ensemble était impressionnant. Les joyaux les plus hauts de ce diadème royal étaient hors de vue. Freda expliqua :

« Ceci est l'Empereur et le Grand prêtre du Nouveau Pays de la Clarté, la tête régnante de la Dynastie Pothesis. On l'appelle le Dernier Grand Pothesis, et il règne avec un bâton … d'Uranium. Il a 80 ans.

« Et voici Papa Tickle — ils l'appellent Vieux Proton — conduisant sa famille sur son tandem. La dame derrière lui — je parie que c'est elle qui pédale — est sa femme Neutrona. Et la troisième qui tourne et retourne autour de ses parents est Electra. Tu vois comme Electra est agile et se tient bien droite sur sa petite mobylette, la tête dans les nuages. Elle aime qu'on l'appelle Mademoiselle Tickle : elle passe des siècles dans sa chambre-nuage privée, faisant de belles expériences. »

Et ainsi ils continuèrent d'arriver, cette étrange famille Tickle, pleine de vie, des centaines d'entre eux, montés sur des trottinettes, tricycles, tandems, mobylettes à deux vitesses et motos de course. Certains d'entre eux étaient aussi solennels que le vieux Pa lui-même. D'autres étaient aussi légers et agiles qu'Electra. Et certains avaient une vie très courte — ils se dissolvaient soudain dans l'air ! D'autres semblaient vivre éternellement. Mais ils étaient tous pliés en deux de rire et bouillonnants d'énergie, et agitant leurs bras si rapidement que l'on pouvait à peine les prendre pour des vagues. La Parade tout entière aurait pu être une formidable vague. Freda réussit à rencontrer quelques personnages qu'elle connaissait. Mais il y en avait beaucoup très bizarres qu'elle n'avait jamais rencontrés.

Puis s'ensuivit un spectacle très bruyant. D'abord je crus que c'était un grand Feu d'Artifice Soleil couché sur le côté. Cela se révéla être une piste cyclable circulaire, sur laquelle tournaient, rugissaient grinçaient des centaines de motos à des vitesses si élevées qu'elles s'envolaient finalement dans l'espace, laissant derrière elle des traînées de vapeur bouillonnante. Tout l'ensemble me rappela le tout premier objet que j'avais jamais vu, ce grand Ange Spirale, tournoyant si lentement dans les cieux. J'aurais aimé que cette version fut semblable.

Mais la fin de la procession était déjà en vue. Tout au bout il y avait une énorme meute chaotique de petits animaux les plus bizarres. Impossible de se faire une idée d'eux, ils se déplaçaient si vite, reniflant et chassant dans toutes les directions. Le bruit qu'ils faisaient me fit penser qu'ils avaient commencé leur vie sans savoir s'ils étaient des bébés chiens ou des canetons, et ainsi se retrouvaient à moitié chiens, à moitié canards. Car ils ne quartaient ni n'aboyaient, mais quarkaient. Je les imaginai avec quatre pattes, des plumes plutôt que des poils, et des becs claquants — quelque chose comme des Ornithorynques-à-bec-de-Canard de mauvaise humeur. Je le dis à Freda. Elle répondit :

« Je doute que ces créatures soient une foule aussi confuse que tu le penses. Je les vois plutôt comme une meute de chiens. Est-ce leur Maitre, là-bas au loin qui les harangue et conduit toute la Parade de l'arrière ? »

Je ne voyais aucun Maitre-chiens et reportai mon attention sur la grande famille Tickle. Ils agitaient tous leurs bras et riaient aux éclats. Et une partie de ces salutations nous était certainement destinée à Freda et moi. Ils semblaient nous inviter à les rejoindre dans la Parade avant qu'il ne soit trop tard. Je n'avais pas besoin qu'on me persuade. Ces créatures — je le savais ! — avaient quelque chose que je n'avais pas, un secret que je devais découvrir tant que j'en avais encore la chance. Eh bien, il n'y avait qu'un seul moyen —les rejoindre tout de suite. Freda accepta avec enthousiasme.

Mais ce n'était pas si facile. Nous nous heurtions à un mur invisible chaque fois que nous essayons d'entrer dans la procession. Et puis, en un instant nous nous retrouvâmes au milieu d'eux ! Nous avions sauté carrément par-dessus ou à travers ce mur, en un saut magique de A à Z — sans jamais passer à travers B,C,D, etc... vous parlez d'acrobatie !

Comme ils nous accueillirent ! Comme nous étions en harmonie ! Nous nous trouvâmes en train d'agiter les bras, de danser et nous jeter d'un côté et de l'autre avec autant de liberté que n'importe lequel d'entre eux. Ils ne nous dirent pas que leur secret était INCERTITUDE — ils vivaient avec, ils étaient incertitude, et nous l'attrapâmes d'eux. Aucun d'entre nous n'avait la moindre idée de ce qui allait arriver ensuite. Allai-je tournoyer comme une toupie, ou faire la roue, ou le saut en hauteur, ou le saut en longueur, ou crier, ou chanter ? La seule façon de le savoir c'était de regarder et voir ce que je faisais finalement.

Je n'en revenais pas de la différence que cela faisait — cette entrée dans MAINTENANT, cette libération de la main morte d'un future imaginaire. Je me sentais si libre, si vivant, si aventurier : c'était comme si un grand vent soufflait à travers moi, me libérant de tous mes projets mentaux, restes de Humania. Je devins vide, ne sachant rien de rien. Un idiot alerte — voilà ce que j'étais ! Résultat : un million de million de possibilités s'ouvraient, rien n'était impossible, parce que toute cette scène dans le Nouveau Pays de la Clarté, le grand monde lui-même, était nouvelle à chaque instant, imprévisible, bourrée de merveilles. Chaque instant était un nouveau départ,

La création du monde à partir de rien du tout. Oh le soulagement, la détente, la joie, la liberté, oui la félicité, qui m'envahirent subitement dans la plus étranges des parades, quand j'échangeai l'INTENTION contre l'ATTENTION !

Chaque geste était si beau, si juste. Je ne pouvais rien faire mal. Pas plus que Freda, ni aucun d'entre nous. Cette absence de tout avenir prenait mystérieusement soin de ce que le présent nous proposait. Avec respect, nous regardâmes la danse se dérouler;

Et comme c'était étonnant — et approprié — d'avoir trouvé ici, et nulle part ailleurs, à ce qui se révéla être le point le plus bas de l'Arche Inférieure, cette vérité cachée : la liberté fait partie de l'Universtoi, elle est à sa base, elle est sa base, sa fondation-même, maintenant. C'est seulement en descendant si bas, en traversant tant de contrés étranges jusqu'à celle-ci, la plus étrange de toutes, que j'ai pu déterrer le secret le plus profond de tous.

La danse ne fut que surprises : la grâce et l'inventivité de Freda me stupéfièrent; son rire résonna sans fin dans tout le pays. Et en lui et au-dessus de lui me parvinrent des échos de ... de cette musique, de ma musique, de la musique.

Ce fut l'un des moments les plus beaux de toute mon aventure!

# CHAPITRE 18 : LE CÔNE ET LE CACHOT

J'avais sans doute enfilé une sorte de corps quand j'ai rejoint cette grande parade dans le Nouveau Pays de la Clarté — sans doute un petit corps léger comme ceux de mes compagnons. Au début, il fonctionnait si bien que je l'oubliais, mais bientôt il se fit remarquer — en trainant. Il avait un peu de leur extraordinaire énergie, mais pas leur stabilité. Je me retrouvai fatigué, trébuchant, de moins en moins capable de suivre Freda et les autres. Je les appelai au secours, mais ils ne m'entendaient déjà plus. Je me retrouvai de plus en plus à la traine, jusqu'à ce que finalement ils disparaissent tous et je me retrouvai seul — tout seul.

Seul — à part cette meute hurlante de Quarks derrière moi. Leur quarcking était de plus en plus fort et de plus en plus menaçant. Et pire encore: dominant leurs cris, un autre cri dont je me souvenais bien, celui du Maitre de ces chiens, de ce Chasseur honni.

Ma terreur de lui minant le reste de mon énergie, ma vie s'en allant avec chaque mouvement, j'étais chassé de vide en vide, sans nul échappatoire. Mais le pire allait arriver.

Le vide devant moi se refermait en fait sur moi. Je me retrouvai dans un tunnel de plus en pus étroit, un cône, menant directement à l'impasse. Pas d'issue. J'étais pris dans le piège de cet implacable Chasseur, son piège à poissons géant, son filet à papillons, son appeau. Et puis, en un instant, je fus stoppé — stoppé net, rigidifié, gelé en un bloc de glace.

Cette impasse était-elle la Mort elle-même ? Plus de meute, plus d'aboiements. Plus besoin d'eux maintenant. Leur Maitre avait gagné. Il m'avait pourchassé à travers tous les niveaux de cet Universtoi, uniquement pour m'attraper finalement dans son piège de mort glacé tout au fond. Je savais que c'en était fini de moi — car il n'y avait nulle part où aller. Ceci pouvait-il être, somme toute, le centre de l'Universtoi que j'avais découvert — le lieu ou tout espoir est abandonné ?

Son rire sinistre éclata juste derrière moi. Mais près ou loin — quelle importance maintenant ? Tout était fini. Dans mon cachot glacé j'étais muet : même ma voix était gelée en silence. Mais cette glace n'avait aucun effet engourdissant capable de calmer la douleur de la défaite. Son pouvoir sur moi était si total que sa vieille fureur de chasseur était inutile maintenant. Il lui suffisait de jouer avec moi, de se moquer, d'un ton presqu'aimable — comme les tortionnaires peuvent jouer avec leurs victimes quand ils ont tout leur temps pour investiguer, tordre et sonder.

Il parlait. Et pendant qu'il parlait — non pas à moi mais sur moi —il gambadait et hurlait tout autour de ma prison de glace, claquant des talons, et me lançant des regards mauvais au passage. Non que je puisse le voir clairement — même si j'avais osé. C'était comme regarder à travers un flot de larmes — larmes de glace — car les murs de ma prison déformaient son sourire et tout son corps, en formes de ballons — plus horribles que n'importe quels miroirs de foires.

« Bienvenue dans sa nouvelle demeure, mon Trou Blanc. Oh! Elle lui va comme un gant de fer. Beaucoup plus serrée que ne l'eut été mon Trou Noir. Se souvient-il comme il s'est moqué de moi — de moi — quand il a réussi à s'échapper du trou dans le ciel ? C'est de lui qu'on rit maintenant. Il aurait pu dormir là-bas dans cette nuit chaude: ici, pas question. Il a échappé à mon tout premier piège, seulement pour tomber dans mon tout dernier, le plus cruel, mon Congélateur le plus Profond. Il m'a privé de mon dîner alors     — mais maintenant je l'ai en sécurité, glacé. Je vais l'engloutir dans ma gueule de loup! Rien ne presse, ma petite sucette glacée, prête pour quand j'en aurai envie. »

Puis cette créature s'immobilisa, leva sa patte avant, et bredouilla l'un de ses sortilèges diaboliques. Immédiatement j'entendis la glace se contracter, craquer, s'écraser, grincer, et les murs de ma prison qui me serraient déjà comme un étau, se resserrèrent encore, m'écrasant de plus en plus.

Il disparut pour laisser agir son traitement. Puis il réapparut, plus déformé que jamais, plus horriblement enjoué. D'abord son groin grimaçant, puis sa tête, lorgnant sa victime du coin de l'oeil pour l'effrayer. J'essayai de ne pas le voir. Mais le reste de son corps apparut. Il se pavanait sur ses pattes arrière, très grand, vêtu d'un long manteau en peau de mouton, et coiffé d'un absurde chapeau mou noir. Il arriva horriblement près de moi, me narguant. Congelé, je ne pouvais ni fermer les yeux ni me retourner, mais d'une certaine manière je réussis à élever une sorte de brouillard glacé entre moi et cette affreuse vision. Mais je ne pouvais éviter d'entendre ce qu'il disait :

« Il ne veut pas voir son cher ami Mr. Nicholas, le gentil Vieux Monsieur qui lui a offert cette merveilleuse Opale Noire. Bon, il a fait son choix. Il a choisi le Bijou ordinaire. Il est tombé dedans, ha, ha, ha! Il a ce qu'il voulait.

Savoure-t-il sa merveilleuse Immobilité ?

« Tout comme son cher vieux Pays de la Clarté, n'est-ce pas ? Mais il y a quelques petites différences, que j'espère il remarque bien. Pour commencer, il est si petit ici bas, (n'est-ce pas ?) , si implosé, si emboîté dans ma marque personnelle spéciale d'Immobilité, de Clarté et (quand je le laisse tranquille) de Silence. Pas tout à fait comme l'autre sorte là-haut, qui l'a sorti de lui-même et envoyé dans toutes les directions. Ma demeure est faite d'espace congelé, tout comme ce cristal au milieu de sa précieuse Carte Profonde. Oh, c'est une jolie carte, celle-là, et elle l'a amené exactement au bon endroit, n'est-ce pas ? Ha, ha ! »

Et il se leva et leva de nouveau sa patte — et de nouveau cette terrible pression sur Ulysséen, cette implosion d'Ulysséen. Oui, j'étais bel et bien rétréci, je devenais de plus en plus petit. C'était un grand Sorcier.

Mais le plus affreux dans sa dérision de moi, c'est qu'il avait raison. Je n'avais pas droit au confort d'être un martyre au service d'une grande cause, d'être dans le vrai. Il eut été moins cruel s'il m'avait menti. Non, l'écouter c'était comme m'écouter moi-même, écouter la voix de mon désespoir final.

Il me laissa de nouveau pour me permettre de savourer ce désespoir, et il disparut si longtemps que je commençais à espérer qu'il avait fini de parler de moi. Mais non. J'avais droit à un autre horrible épisode comique. Cette fois il apparut enveloppé dans un énorme sac avec deux trous dégoûtants pour les yeux. A l'intérieur, il exécutait une danse sautillante d'arrière en avant, agitant ces membres tronqués vers moi. J'embuai encore cette fenêtre de glace.

« Il veut certainement voir son vieil ami le Constable Luke, le gardien fidèle de tous les Habitants du Pays Plat ? A-t-il redressé l'un de ces bossus ? A-t-il jamais appris, ou mieux défait, mon merveilleux sortilège qui aveugle les stupides idiots à tout ce qui est au-dessus et au-delà de leurs petites têtes ? Non ! Mission échouée ! Il n'a rien changé dans le monde. Il ne les a pas sortis du monde plat, ni libérés de la flatterie. Oh ! Comme mon éternelle flatterie fonctionne bien, quand je leur chuchote à l'oreille qu'ils sont les meilleurs, qu'il n'y a rien au-dessus d'eux ! Sapiens! Sapiens, Sap !

« Maintenant il est aplati. Je l'ai fait tomber très bas dans les ordures, dans ma décharge Ulysséenne. Je n'ai cessé de le dégrader. Maintenant il est dans le plus bas des soubassements, le cristal de roche. Ulysséen Cristallisé. ! »

Et il sortit une tentacule, grogna la formule magique, et la glace se resserra encore. Où cela finirait-il ?

Comme je souhaitais ne pas avoir à regarder un autre épisode, mais voici qu'il arrivait, cette énorme absurdité hirsute se pavanant, raide sur ses pattes arrière, avec une rangée de médailles cliquetant sur sa poitrine bombée, une casquette de soldat à visière jetée négligemment sur sa tête avec ces longues oreilles tremblantes qui dépassaient.

« Y croyait qu'y m'avait perdu, hein, Soldat Untel ? Croyais qu'y était sauvé ? Mais y' l'ai dans mon Congelo, mi adorable Serre. Quoiqu'y va faire avec lui ? Un presse-papier su' l'Bureau du Régiment ? Une abeille-en-ambre. Mais beaucoup trop d'abeille dans cet Ambre. J'vas tout rétrécir. »

Et alors l'inévitable sortilège, le craquement, l'écrasement. Il m'avait presque tué complètement alors je pensai qu'il allait s'en tenir là, et ne pas risquer de perdre complètement son prisonnier. Mais non. Il revint tout de suite, coiffé cette fois-ci d'un crâne blanc — de grandes cavités oculaires vides et des mâchoires souriantes, me faisant des signes de tête et bavardant avec moi à quelques centimètres de distance — le tout déformé par ces murs de glace.

« N'avais-je pas prévenu le cher garçon dans le Jardin que sa place était là, à Humania, où il avait trouvé sa Chanteuse , entendu le Chant, accompli sa mission ? Tout ce qu'il a fait —dans sa descente — après avoir ricané de mon avertissement, a été de défaire sa mission, perdre la trace de son Chant, embrouiller son monde, se tuer à petit feu. L'Arche Inférieure est juste un autre mot pour Défaite et Confusion — et Mort ! Même ses souvenirs précieux sont morts. Déjà il se souvient des souvenirs des amis qu'il a perdus — et bientôt ce seront les souvenirs de ses souvenirs !

« Il a tiré le pire des deux mondes, cet Idiot du Paradis. Perdu pour toujours son morne vieux Pays de la Clarté, le Pays du Grand Eveillé — grand éveillé à rien ! — et perdu pour toujours mon chaud et glorieux Pays Coloré. Et Il n'est même plus éveillé — excepté à la terreur. Ceci est la FIN, LA VRAIE FIN. »

Il avait à nouveau raison ! Ceci était la terreur totale ! Non, je n'étais plus terrifié par lui, ni même par la Mort, mais par la terreur elle-même.

Et puis, même cela disparut. Cette tête de mort bavarde et souriante émit la formule, et ces murs de glace se fermèrent pour la dernière fois et se soudèrent, ne laissant pas même une bulle pour marquer la tombe du prisonnier. Il y eut un formidable craquement. Et puis, le SILENCE.

# CHAPITRE 19 : LIBÉRATION

Silence ... Paix ... La paix de n'avoir rien à perdre ... La paix avant le commencement du monde.

Et maintenant, arrivant dans ce Silence, la musique de la création elle-même — très faible au début, comme elle l'était dans le Pays de la Clarté, tout au début de l'histoire.

Ensuite l'expansion sans fin de ce pays, le vent sans vent, la lumière sans lumière.

Et là, se dessinant au loin, je vis enfin, non déformé maintenant par la glace ou les larmes ou la terreur, ce museau pointu, frémissant, la langue léchant les longues dents de loup dénudées, et ces grands yeux écarquillés. J'enregistrai tout cela aussi soigneusement et calmement comme si cela avait été une image dans une livre d'histoires. J'explorai ces traits jadis source de cauchemar comme s'ils dessinaient la géographie d'un autre pays que j'avais encore découvert. Et c'était bel et bien ainsi. Et le plus beau de tout, c'est que je n'avais pas l'impression d'être exploré moi-même et chosifié par ces yeux. Il n'y avait vraiment rien à regarder ici. Rien du tout.

Et puis, comme je regardai pour la toute première fois, de plein gré et directement le visage de mon ancien Ennemi, je vis quelque chose d'extraordinaire. Ces lèvres tachetées de bave ne me souriaient pas d'un air mauvais ou avec mépris. C'était surement le début d'un vrai sourire! Et ce sourire— eh bien c'était vraiment un sourire! Et cet oeil gauche : oui, il me faisait vraiment un clin d'oeil! Et bientôt ces yeux se plissèrent de rire au même moment. Nous nous mîmes à rire et rire et rire jusqu'aux larmes qui m'aveuglèrent de nouveau à moitié. Oh! faire cela ensemble après notre guerre de cent ans, c'était bien la plus drôle des choses! C'était la meilleure plaisanterie du monde, bien que si vous m'aviez demandé ce qu'était la plaisanterie je n'aurais pas pu vous le dire.

Mais il se retira :

« Tu n'es pas encore libre. Seulement la moitié de la bataille est gagnée. Outre l'affrontement avec ton Enchanteur, tu dois apprendre son nom secret. »

Sur ce, il devint plus petit et plus gris, et commença à aboyer et à sauter de tous côtés autour de moi et sur moi, comme un chien qui retrouve son maître. Et je n'y comprenais rien. Etait-ce un autre de ses jeux ? Etait-il encore en train de jouer avec moi ?

Mais la panique momentanée disparut. Quelque chose en moi répondit, et je sus :

« Tu es ARGUS ! Le chien fidèle d'Ulysse lui souhaitant la bienvenue à son retour chez lui dans son royaume, enfin ! Après ses longs voyages. »

« Oui, oui. Mais j'ai un autre nom. »

Il grandit et reprit une apparence de loup et son vieux galop de chasse. Ensuite il tira de nulle part un cor de chasse et se mit à souffler dedans en courant tout autour de moi en cercles.

Et cette fois-ci la réponse me vint immédiatement:

Tu es le CHIEN DU PARADIS ! Mon infatigable chasseur, le seul qui ne m'ait jamais laissé me reposer nulle part, ni accordé aucun répit jusqu'à ce que je rentre à la maison. »

Et il continua de courir tout autour de moi en cercles de plus en plus grands; et de temps en temps il s'arrêtait et produisait un miroir magique en forme de feuille, et me montrait mon reflet dedans. Et ce que je voyais était d'abord Ulysséen garçon de douze ans, puis mon Ange Qui Rit, mon Ange à l'Auréole, mon Ange Spirale — et finalement rien du tout. Ensuite il se rapprocha et me montra Gnomania, Goblinka, Elfland, le Nouveau Pays de la Clarté — tous les pays que j'avais visités dans mes voyages, représentés ici sur les pétales de la Carte Profonde : la Carte que j'ai faite dans la Bibliothèque d'Humania, avec tous ces livres, dessins et maquettes pour m'aider. Ensuite il vint jusqu'à moi, si près qu'il n'y avait plus rien à voir — ni atomes, ni particules, ni même espace —juste rien vide.

Et je vis que ces images n'étaient même pas des tranches du Monde Profond. Il n'y avait rien. Elles étaient des scènes aériennes, fantomatiques, magiques, pas plus accessibles qu'un arc-en-ciel ou un mirage; et certainement pas des plateformes où l'on puisse arriver ou atterrir. Et je me mis à rire en voyant comme je m'étais trompé en les prenant l'une après l'autre pour un monde réel et solide, jusqu'à ce que je fus forcé à explorer en profondeur, et les perdis. Et ce vieux diable continua de me pourchasser jusqu'à ce que j'atteigne le Centre, l'Immobilité, la Clarté, le Silence de ma Maison ! La Maison qu'en fait je n'avais jamais quittée ! Cela seul supportait l'investigation. Cela seul était exactement ce que cela paraissait être !

Or, pendant tout le temps où ce Chien avait tourné autour de moi, quelque chose de merveilleux était arrivé à toute la scène. Mon long emprisonnement m'avait laissé ahuri et myope, si bien qu'au début je n'avais été capable de voir que mon ami et ses singeries, avec à l'arrière-plan l'espace clair et sans limite de la Maison. Mais maintenant cet espace se remplissait — se remplissait de clignements, de flocons brumeux, de flammes et d'étoiles de feu, d'éclairs couleur émeraude, citron, violet, rouge et bleu ciel. Oui, bien sûr, c'était cela. O bonheur ! C'était l'Opale Noire elle-même. Mais cette fois non pas une pierre en forme d'oeuf dans le creux de la main; mais ce trésor qui remplit le monde entier: un ciel plein de lumières sans cesse changeantes, un dôme de couleur éclatante, avec moi en son centre. Avec moi n'étant nul autre que ce dôme lui-même. Moi-même étant l'Opale Noire !

Et il était là, Chien et Bijoutier, se détachant immense contre cette toile de fond noire constellée de bijoux, disant :

« Argus est mon nom familier. Le Chien du Paradis est mon nom magique. Mais j'ai un troisième nom, mon nom singulier et secret. Jusqu'à ce que tu aies découvert ce nom, la bataille n'est pas gagnée. »

Je fixai longuement et avec attention ce visage de loup, cherchant un indice qui m'indiquerait ce nom très secret. En vain. Mais alors ces traits commencèrent lentement à exploser. Ces yeux s'agrandirent et s'élargirent; ces longues oreilles s'allongèrent jusqu'à sortir de l'image; ce sourire s'élargit jusqu'à ce qu'il ne reste rien que le sourire. Et alors, juste une irruption de formes vagues, une brume qui s'estompe, et la clarté …

Et à nouveau je me mis à rire et rire et rire. Ce Grand Enchanteur, mon Ennemi mortel, était MOI-MEME !

N'avais-je pas soupçonné souvent, dans ce cachot, que ces railleries étaient en fait ma propre voix me disant quelque chose que je ne voulais pas savoir ? A propos de ma disparition en tant que moi-même et ma réapparition en tant que tout le reste ? Et comme le brouillard nocturne de mon emprisonnement se fondait en cet air éclatant du matin, je vis la grande Opale, avec tous ses flocons et éclairs de couleur, prendre les formes des spirales tournoyantes, des étoiles scintillantes, des compagnons tournoyants, de mon Ange Qui Rit, des adultes et des enfants, des éléphants et des chimpanzés, et d'un chat très spécial, et de toute cette Arche Inférieure de gnomes et lutins et elfes etc…

Evidemment, mon Opale Noire n'était rien d'autre que le grand Universtoi lui-même, cet Universtoi à neuf niveaux, la scène de toutes mes aventures. Et maintenant il était mien, toutes ses couches profondes en moi, en un instant. Pas pour que j'y voyage, ce monde opalescent ! Aucune distance ne me séparait de ces neuf pays improbables. Est-ce que je m'étirais jusqu'à ces étoiles, ou étaient-elles descendues jusqu'à moi, pour me permettre de prendre les Jumeaux dans le creux de ma main, et tapoter du doigt la Grande Ourse ? Cela revient au même. J'avais le splendide bijou en étant le bijou ordinaire. Comme ces deux bijoux étaient différents et distincts, et pourtant totalement liés l'un à l'autre, inséparables !

Alors j'eus une autre vision. Je vis un homme petit se tenant bien droit dans un manteau sombre, un poète aux traits aigus et marqués par la souffrance, un réfugié dans un pays étranger, au bord de la mort. Le regard fixé sur le Monde Profond il disait:

« Au plus Profond de lui-même, je vois les feuilles dispersées de tout l'univers reliées par L'AMOUR en un seul volume. »

Oui, c'était cela ! La réponse au terrible sortilège qui transforme les gens en Habitants du Pays Plat, le grand Antidote est L'AMOUR ! C'est comme entourer le monde de vos bras — le monde profond, profond profond —et l'étreindre de toutes vos forces !

Et à côté de ce poète, je vis un grand homme, un sage, expert en l'art de la Carte Profonde, disant à une jeune fille près de lui que c'est L'AMOUR qui fait tourner le monde; ajoutant avec un clin d'oeil et un hochement de tête :

« Oui Alicia, il faut aussi que toutes ces créatures là dehors s'occupent de leurs affaires; car l'amour est leur affaire. »

Alice rit. Voici qu'elle se trouvait à la fin de mon aventure de l'Universtoi.

Tout au début, quand son chant résonnait si faiblement dans le pays de la Clarté, j'avais supposé qu'il venait du Silence de ce Pays, de la Paix de ma Maison. Quoi d'autre pour le produire, qui d'autre pour l'entendre ? Mais je cherchais un Chanteur plus solide. Au début, je crus que c'était un Chanteur Céleste — une Spirale ou une Etoile ou une Planète — ensuite je fus certain que c'était cet humain appelé Alicia. Mais je me trompais encore. Le Chant venait à travers elle, et non d'elle. En fait, je n'avais jamais trouvé ce Chanteur solide. Pas étonnant ! j'avais eu raison la première fois. Le Chanteur est le Silence, le Silence que je suis. Le Silence qui est le Chanteur, est Celui qui entend, est l'Auteur, est le Sens du Chant.

Écoutez !

VOIX MULTIPLES , UN SEUL SILENCE.

MISSION ACCOMPLIE !

# CHAPITRE 20 : COMMENT CELA S'EST TERMINÉ

Et c'était ainsi. Ulysséen était arrivé au bout de ses aventures. Pendant longtemps — peut-être très longtemps — il n'y eut que le silence. Et puis finalement je me relevai, frissonnant. Le feu était éteint, il n'en restait qu'un tas de cendres et la lampe s'était éteinte aussi. Je me retournai vers mon visiteur pour m'excuser. Il y avait juste assez de lumière pour voir que sa chaise était — vide !

Je me levai et me mis à l'appeler, mais … pas de réponse. Je fouillai la maison, en vain. Je me précipitai à la porte. L'aube se levait déjà, mais la pâle lumière ne révélait aucune empreinte de pieds s'éloignant du seuil.

Je rentrai et ouvris les volets. Dehors, la neige vierge, et encore de la neige, jusqu'en haut à la forêt. Et à l'intérieur, ce feu mort et le sinistre mobilier de ma vie quotidienne sans aventures. Tout cela disant que le jeune Prince du Pays de la Clarté Eternelle et ses aventures n'avaient été qu'un rêve, une envolée de fantasmes sans aucune signification pour le reste de mes jours trop prévisibles, un fantasme d'une nuit dissout dans la lumière raisonnable de l'aube. Tout aboutissait à cette triste conclusion.

Le coeur brisé, je m'écroulai sur la chaise la plus proche. Celle où il s'était assis — (celle où je l'avais imaginé assis) — pendant tout ce temps dans la joyeuse lumière du feu. Une terrible déception, la tristesse de toute ma monotone existence m'envahit. Mais je me ressaisis. L'attention, le calcul et le bon sens l'emportèrent. Il n'y avait rien de quoi se moquer ou s'émerveiller. Tout était revenu à la case départ, à la normale. Mais quelle triste norme !

Et puis, tout à coup ce soudain mirage ! Au début, de toute façon, c'était ce qui devait être — une vision de sa maquette, sa Carte Profonde, sa fleur cosmique aux pétales arc-en-ciel, son bon navire le ramenant à son royaume d'Ithake et Argus, son chien fidèle. Les couleurs étaient vivantes, le cristal léger. Tout l'ensemble paraissait si héroïque et brillant, exactement comme lui. Si cela était une vision, dites-moi : de quoi les choses réelles ont-elles l'air ?

Mais ce n'était pas une vision. J'ai tendu la main pour le toucher et m'en assurer. Le soleil du matin s'aventurant au-dessus de la ligne en dents de scie des pins lointains, avait épargné ses tout premiers rayons pour éclairer son cadeau, ce souvenir et rappel, ce témoignage en souvenir de Lui. Aucun danger de l'oublier maintenant ! Et Douglas était d'accord. Pelotonné à la base de l'Universtoi, en service puisque son dragon gardien était son ami, clignant des yeux dans la lumière pâlissante du soleil et ronronnant d'aise.

Quelque peu ahuri, je continuai à observer attentivement cette fleur-monde miniature à neuf pétales, si délicate, si différente du monde morne de la vie quotidienne.

Mais alors, la vérité se fit jour. Élevant par hasard mon regard vers ma fenêtre à l'Est, je vis le grand Universtoi lui-même s'épanouissant dans sa gloire matinale. Il était là bien exposé, pétale sur pétale, toute la hiérarchie depuis la dernière étoile dans le ciel bleuissant , le demi-disque du soleil orange, la plume courbe d'un nuage et les sommets des montagnes dorés de soleil, la forêt sombre, et neige sur neige jusqu'à ma fenêtre. Et ensuite, ces planches usées brillantes, Douglas en train de bailler, ces mains et bras tendus, et — oui! — le Pays de la Clarté lui-même, ce Coeur vide. Ce Coeur plein déjà, envolé pour embrasser toute cette scène, jusque et au-delà de cette étoile rapidement disparue.

Comme je m'étais trompé ! L'histoire d'Ulysséen n'était pas un conte de fée illustré, un divertissement pour les Nuits Humaniennes. O non, le monde irréel du faire-semblant était cette scène plate et morne que j'avais d'abord cru réel. Mais maintenant, lorsque je regarde vraiment attentivement dehors et tout autour et surtout vers l'intérieur, eh bien tout est comme il l'avait trouvé, magique !

Et ensuite, mon regard tomba sur son deuxième souvenir. A côté de la maquette il y a un bout de papier avec un message gribouillé dessus. C'était une autre de ses énigmes :

DEVINETTE - DEVINETTE

Je me suis envolé, on ne peut pas me trouver,

Je ne laisse aucune trace, je ne fais aucun bruit.

JE NE SUIS PAS parti, je suis encore ici !

QUI SUIS-JE ?

# APPENDICE

LE CHANT TOP-SECRET

1.

Jeune Homme : Tu n'es rien qu'une tête tournoyante,
  Une tête tourbillonnante, branlante,
  Tournoyant dans le vent.

Alicia : Tournant haut, tournant bas,
  Ha ha ha - si seulement il savait !
  Je suis l'IMMOBILITE qui fait tourner le monde :
  Je le fais tourner vite, je le fais tourner lentement.
  Tu ne me crois pas ?

Jeune Homme : Non, non, non !

Alicia : Essaye de te faire tourner toi-même alors. N'est-ce pas ainsi ?
  Envole toi, tête tournoyante. Où es-tu allée ?

Le Choeur : Tournoyants multiples, IMMOBILITE UNIQUE.
Shshshshsh! TOP-SECRET !

2.

Jeune Homme : Tu n'es rien qu'une tête peinte,
    Une tête colorée, avec un visage plein de caractère,
    Face Au vent.


Alicia : Joues potelées ou pâles et creuses,
    Rose ou blêmes et cireuses,
    Jeunes et brillantes ou ridées ou jaunes,
    Ha ha ha — si seulement il savait !
    Je suis la LUMIERE dans laquelle brillent les visages,
    Vide pour accueillir l'arc-en-ciel resplendissant.
    Tu ne me crois pas ?


Jeune Homme : Je te dis NON !

Alicia : Regarde, regarde-toi toi-même alors. Vois-tu quelque chose ?
    Envole toi tête colorée ! Où es-tu allée ?

Le Choeur : Abat-jours multiples, LUMIERE UNIQUE.
    Shshshshsh! TOP-SECRET !

3

Jeune Homme: Tu n'es rien qu'une tête chantonnante,

   Triple, trillante, tremblante,

   Gémissant dans le vent...


Alicia : Chantonnant aigu, chantonnant bas,

   Ha ha ha — si seulement il savait !

   Je suis le SILENCE d'où coulent les chants,

   La semence de silence qui les fait pousser,

   Tu ne me crois pas ?


Jeune Homme : Je te dis NON !


Alicia : Essaie de t'entendre toi-même alors. Es-tu aigu ou bas ?

   Envole-toi tête chantonnante. Dehors !


Le chœur : Voix multiples, SILENCE UNIQUE;

   Shshshshsh ! TOP-SECRET !

www.ingramcontent.com/pod-product-compliance
Lightning Source LLC
Chambersburg PA
CBHW071953170626
46813CB00005B/1870